The Count of Nine

新編賈氏妙探

之18 探險家的嬌妻

賈德諾 Erle Stanley Gardner 著 周辛南 譯

目錄
Contents

The Count of Nine

目錄
Contents

出版序言

關於「妙探奇案系列」

當代美國偵探小說的大師，毫無疑問，應屬以「梅森探案」系列轟動了世界文壇的賈德諾（E. Stanley Gardner）最具代表性。但事實上，「梅森探案」並不是賈氏最引以為傲的作品，因為賈氏本人曾一再強調：「妙探奇案系列」才是他以神來之筆創作的偵探小說巔峰成果。「妙探奇案系列」中的男女主角賴唐諾與柯白莎，委實是妙不可言的人物，極具趣味感、現代感與人性色彩；而每一本故事又都高潮迭起，絲絲入扣，讓人讀來愛不忍釋，堪稱是別開生面的偵探傑作。

任何人只要讀了「妙探奇案」系列其中的一本，無不急於想要找其他各本，以求得窺全貌。這不僅因為作者在每一本中都有出神入化的情節推演，而且也因為書中主角賴唐諾與柯白莎是如此可愛的人物，使人無法不把他們當作知心的、親近的朋友。「梅森探案」共有八十五部，篇幅浩繁，忙碌的現代讀者未必有暇遍覽全集。而「妙探奇案系列」共為廿九部，再加一部偵探創作，恰可構成一個完整而又連貫的「小全集」。每一部故事獨立，佈局迴異；但人物性格卻鮮明生動，層層發展，是最適合現代讀者品味的一個偵探系列。雖然，由於賈氏作品的背景係二次大戰後的美國，與當今年代已略有時間差異；但透過這一系列，讀者仍將猶如置身美國社會，飽覽美國的風土人情。

本社這次推出的「妙探奇案系列」，是依照撰寫的順序，有計劃的將賈氏廿九本作品全部出版，並加入一部偵探創作，目的在展示本系列的完整性與發展性。全系列包括：

①來勢洶洶 ②險中取勝 ③黃金的秘密 ④拉斯維加，錢來了 ⑤一翻兩瞪眼 ⑥變！失蹤的女人 ⑦變色的色誘 ⑧黑夜中的貓群 ⑨約會的老地方 ⑩鑽石的殺機 ⑪給她點毒藥吃 ⑫都是勾搭惹的禍 ⑬億萬富翁的歧途 ⑭女人等不及了 ⑮曲線美與痴情郎 ⑯欺人太甚 ⑰見不得人的隱私 ⑱探險家的嬌妻 ⑲富貴險中求 ⑳女人豈是好惹的 ㉑寂寞的單身漢 ㉒躲在暗處的女人 ㉓財色之間 ㉔女秘書的秘密 ㉕老千計，狀元才 ㉖金屋藏嬌的煩惱 ㉗迷人的寡婦 ㉘巨款的誘惑 ㉙逼出來的真相 ㉚最後一張牌。

本系列作品的譯者周辛南為國內知名的醫師，業餘興趣是閱讀與蒐集各國文壇上高水準的偵探作品，對賈德諾的著作尤其鑽研深入，推崇備至。他的譯文生動活潑，俏皮切景，使人讀來猶如親歷其境，忍俊不禁，一掃既往偵探小說給人的冗長、沉悶之感。因此，名著名譯，交互輝映，給讀者帶來莫大的喜悅！

譯序

美國有史以來最好的偵探小說

周辛南

賈氏「妙探奇案系列」，（Bertha Cool—Donald Lamm Mystery）第一部《來勢洶洶》在美國出版的時候，作者用的筆名是「費爾」（A. A. Fair）。幾個月之後，引起了美國律師界、司法界極大的震動。因為作者大膽的在小說裡寫出了一個方法，顯示美國人在現行的美國法律下，可以在謀殺一個人之後，利用法律上的漏洞，使司法人員對他無計可施，只好讓他逍遙法外。

於是「妙探奇案系列」轟動了美國的出版界、讀書界和法律界，到處有人打聽這個「費爾」究竟是何方神聖？

作者終於曝光了，原來「費爾」就是名作家賈德諾的另一個筆名。史丹利·賈德諾（Erle Stanley Gardner）是美國當代最著名的作家之一。他本身是法學院畢業的律師，早期執業於舊金山，曾立志為在美國的少數民族作法律辯護，包括較早期的中國移民在內。律師生涯平淡無奇，倒是發表了幾篇以法律為背景的偵探短篇頗受歡迎。於是改寫長篇偵探推理小說，創造了一個五、六十年來全國家喻戶曉，全世界一半以上國家有譯本的主角——梅森律師。

由於「梅森探案」的成功，賈德諾索性放棄律師工作，專心寫作，終於成為美國有史以來第一個最出名的偵探推理作家，著作等身，已出版的一百多部小說，估計售出七億多冊，為他自己帶來巨大的財富，也給全世界喜好偵探、推理的讀者帶來無限樂趣。

賈德諾與英國最著名的偵探推理作家阿嘉沙．克莉絲蒂是同時代人物，都活到七十多歲，都是學有專長，一般常識非常豐富的專業偵探推理小說家。

賈德諾因為本身是律師，精通法律。當辯護律師的幾年又使他對法庭技巧嫻熟，所以除了早期的短篇小說外，他的長篇小說分為三個系列：

一、以律師派瑞．梅森為主角的「梅森探案」；

二、以地方檢察官Doug Selby為主角的「DA系列」；

三、以私家偵探柯白莎和賴唐諾為主角的「妙探奇案系列」；

以上三個系列中以地方檢察官為主角的共有九部。以私家偵探為主角的有二十九部，梅森探案有八十五部，其中三部為短篇。

梅森律師對美國人影響很大，有如當年英國的福爾摩斯。「梅森探案」的電視影集，台灣曾上過晚間電視節目，由「輪椅神探」同一主角演派瑞．梅森。

研究賈德諾著作過程中，任何人都會覺得應該先介紹他的「妙探奇案系列」。讀者只要看上其中一本，無不急於找第二本來看，書中的主角是如此的活躍於紙上，印在每個讀者的心裡。每一部都是作者精心的佈局，根本不用科學儀器、秘密武器，但緊張處令人透不過氣來，全靠主角賴唐諾出奇好頭腦的推理能力，層層分析。而且，這個系列不像某些懸疑小說，線索很多，疑犯很多，讀者早已知道最不可能的人才是壞人，以致看到最後一章時，反而沒有興趣去看他長篇的解釋了。

美國書評家說：「賈德諾所創造的妙探奇案系列，是美國有史以來最好的偵探小說。單就一件事就十分難得——柯白莎和賴唐諾真是絕配！」

他們絕不是俊男美女配：

柯白莎：女，六十餘歲，一百六十五磅，依賴唐諾形容她像一捆用來做籬笆，帶刺的鐵絲網。

賴唐諾：不像想像中私家偵探體型，柯白莎說他掉在水裡撈起來，連衣服帶水不到一百三十磅。洛杉磯總局兇殺組宓警官叫他小不點。柯白莎叫法不同，她常說：「這小雜種沒有別的，他可真有頭腦。」

他們絕不是紳士淑女配：

柯白莎一點沒有淑女樣，她不講究衣著，講究舒服。她不在乎別人怎麼說，我行我素，也不在乎體重，不能不吃。她說話的時候離開淑女更遠，奇怪的詞彙層出不窮，會令淑女嚇一跳。她經常的口頭禪是：「她奶奶的。」

賴唐諾是法學院畢業，不務正業做私家偵探。靠精通法律常識，老在法律邊緣薄冰上溜來溜去。溜得合夥人怕怕，警察恨恨。他的優點是從不說謊，對當事人永遠忠心。

他們也不是志同道合的配合，白莎一直對賴唐諾恨得牙癢癢的。

他們很多地方看法是完全相反的，例如對經濟金錢的看法，對女人——尤其美女的看法，對女秘書的看法……

但是他們還是絕配！

賈氏「妙探奇案系列」，為筆者在美多年收集，並窮三年時間全部譯出，全套共三十冊，希望能讓喜歡推理小說的讀者看個過癮。

第一章　請偵探守門

我打開我們偵探社的門，一腳跨進接待室的時候，閃光燈泡正好亮起，一下使我眼睛發花，暫時什麼都看不見。

體表碩大的柯白莎，面向著照相機，滿臉愚庸自滿的笑容，突然轉過臉來暴怒地看向我，又轉回到照相的人。

「會不會影響照片？」她問。

「恐怕已經影響了，」照相的抱歉地說：「門打開的角度正好把閃光反射回了我照相機鏡頭。」

白莎解釋地說：「這不過是我的合夥人。」她見我猶豫在那裡，她說：「別呆了，唐諾。這只是宣傳，我都安排好了。」

把頭轉回向照相的人的時候，她突然發現我們的資料管理員裝腔作勢地坐在後面寫字桌的一角上，裙子在膝蓋以上，二腿交叉著，二隻腳的腳尖向下，使她的腿看起來更俏更長。

「你在搞什麼鬼把腳蹺得那麼高，對著照相機？」白莎問。

資料管理員無助地看向照相的男人。

照相的人說：「是我叫她這樣做的。」

「誰？」

「我呀。」

「聽著，這裡只有我可以叫她們做什麼。」白莎告訴他：「我要是要這些女光棍坐在桌子上，我自己會……把你屁股請下桌子來，高興的話站在檔案櫃邊上好了。安份一點，腿不要戳在外面。」

「對不起，柯太太。」照相的說。

檔案櫃後面躲著的一個男人鑽出來說：「我們需要一些大腿，柯太太。沒有大腿報紙不會登出來的。」

「私家偵探辦公室裡有大腿？」柯白莎問。

「私家偵探社裡有大腿，是的。」男的固執地說：「大腿是無所不在的，沒有大腿就沒有宣傳，我們根本不必浪費底片，沒有底片就上不了報紙，上不了報紙皇甫先生就不會聘請你們這家偵探社。」

白莎向他皺皺眉，不情不願的說：「這是我的合夥人，賴唐諾——唐諾，這位是倪茂文，他是皇甫幼田的公共關係專家。」

倪茂文過來和我握手，「我們可以照一張賴先生和這位女職員的合照，」他說：「賴可以假裝匆匆的要看些資料——」

「唐諾不行。」白莎說：「要是這個女人把腿露那麼多，唐諾啥資料都不看了。賊眼只看大腿了……現在我們照相吧。」

女職員躊躇不決地看向倪茂文。

倪茂文懂了她的意思。「你坐回桌子上去，」他說：「把裙子拉到膝蓋以上，裙子不可以有皺紋，不要讓別人看出來你是故意拉上去的，要自然地垂下……來，我做給你看。」

他走過去，把她裙子摺疊一下，自己退後一步，仔細端詳，又過去把裙子向她拉一點遮住寫字桌面的邊緣。

白莎用她生氣的小眼冷冷看著。

「這……這姿勢可以嗎？」女的說。

「我看是可以了。」白莎說：「倪先生要點大腿，我們就給點大腿，那只是背景。他摸你大腿，你不必假著癡笑的。」

「他沒有摸我大腿。」女的生氣地說。

「嘿，他至少心裡在想。」白莎說：「快吧，讓我們把照拍完開始工作吧。」

攝影的把閃光燈泡換好，把他大的手提專業照相機拿起，把底片夾翻個面說道：「準備好了？」

倪茂文對女職員說：「腳尖儘量向下；兩隻腳尖，這可以使你的腿看起來更長更優雅，腳背伸直，大家不要動……禮南，可以照了。」

白莎又把假笑掛上她的臉，人工做出來的微笑非但沒真實感，而且把人也變陌生了，好像一張鈔票上蓋了郵戳。

閃光燈又亮了一次。

「好了，」白莎說：「現在大家……」

「再一次。」拍照的說：「再拍一張，保險一點。」

他拿出另一塊底片來，塞進照相機後面，拉開防曝的滑蓋，換了一個光圈，從口袋另拿出一隻閃光燈泡，在舌頭上舐一下燈泡底部，換了燈泡，舉起相機說：「笑一個。」

白莎深吸一口氣，我幾乎聽得到她牙齒在軋軋作響。

倪茂文說：「我們應該讓他們兩個合夥人在一起——」

「那就快。」白莎從扭曲成假笑的嘴唇邊上漏出聲音來說：「我們這個地方不能光照相不工作，快點搞吧。」

攝影師等著白莎臉上的表情，要合乎他要求才照，兩眼盯著她的嘴唇。

白莎看懂了他為什麼在等，把嘴唇兩角向上翹。

閃光燈又一次亮起。

白莎轉向女職員說：「好了，回去工作，下次不可以坐在辦公桌上。」

白莎開始走回她自己的辦公室，停下來，顯然想起應該給我解釋一下，她勉強地說：「皇甫幼田要舉行一個大的宴會。聘請我們給他看住大門，不要讓小偷進去了。

「上次他舉行宴會的時候，有小偷偷掉他一個價值六千元的玉菩薩。他要確定不再有這種事發生，他說只要我們把小偷拒之門外，所有他請的客人都是可靠的。」

我說：「請我們去不是守住珠寶，而是要守門？」

「是的。」倪茂文說：「是守門——所以宣傳一下很有用，賴先生。不但對皇甫先生，對我的職位，而且對你們偵探社都有用。再說，這也事先警告一下小偷，再來等於宣戰。」

「這樣是會把外行的宵小嚇退，」我告訴他：「但是對專業性的小偷等於是一種挑釁，反而會把他們引來的。」

「我想柯太太應付得了他們，」倪茂文說：「這也是我要她上報的另外一個原因，她看起來很壯……」他自己停下來，又說：「罩得住。」

白莎不高興地說：「你不必越描越黑，我知道自己很粗壯，但罩得住也沒什麼錯。」

「我們在找一個有女人的偵探社。」倪茂文解釋道：「就像柯太太那種罩得住，皇甫先生認為上次偷去玉菩薩的小偷是個女人，男的偵探不能在必要時檢查女客，但女的偵探就有這個方便。」

倪茂文看向白莎，臉上微笑著。

柯白莎說：「我會抓住她腳跟，倒提起來，把她偷的鬼東西都給搖出來。我在場，什麼人敢來。」

我告訴茂文，這個辦法很好。向白莎點點頭，走進我自己的辦公室。卜愛茜，我的私人秘書，在拆閱信件。

「怎麼回事你沒出去湊熱鬧？」

「他們沒請我。」

我向下看她大腿又說道：「你比那管檔案的要好多了。」

她臉紅了一下，大笑道：「她是兼管接待的，她對照相的很友善，很合作，我的腿算不了一回事。」

「一起有兩回事。」我說。

她把一封信往我面前一推。「這封信你得馬上回，唐諾。」

第二章 圖文並茂的報導

晚報就把這件消息刊出來了。

照片的效果特別好，女職員的腿溫柔美麗。柯白莎，是一百六十五磅的洋芋隨便塞在一個麻袋裡。她牛頭狗一樣的下巴，閃爍的小眼，正好和大腿成為強烈的對比。看到照片的人，一定會仔細看看新聞的內容。

新聞標題是：「皇甫幼田向小偷宣戰。」

新聞內容對皇甫幼田描述很多：他的旅行，他的大狩獵，他的探險，他的兩次前婚，一張現任太太的照片——曲線玲瓏的身軀上裝了一對熱情的美眼和金髮；他屋頂上的公寓，以及上一次舉行大宴會時遭小偷的情況。時間大概是三個星期以前，失竊的是紀念性的狩獵或探險小飾物和一尊玉雕的菩薩。

這一次的宴會，由洛杉磯很出名的柯賴二氏私家偵探社來負責防守。柯白莎，該偵探社的資深合夥人將親自出馬，她警告一切小偷不要輕易來嘗試，否則一定遭殃。她也要防止任何人順手牽羊帶走皇甫幼田價值連城收集品項中的任何東西。

新聞中也提及倪茂文是皇甫幼田的公共關係人，兼私人秘書，對這次要宴請的客人曾親自一一校對。當然，像以往各次宴會一樣，任何客人到了大樓最高一層，要登上屋頂公寓的專用電梯前，一定要出示邀請卡。

宴會有樂隊助興，高潮是放映皇甫先生最近親自探入婆羅洲內陸所拍到的記錄片。

圖文並茂的報導有三張照片，偵探社裡有大腿是一張，皇甫幼田用以環遊世界的豪華遊艇是一張，另一張是皇甫幼田站在那裡，穿了獵裝，一手拿一支侏儒小野人的吹矢槍，一手拿一支毒箭。

我看完報紙問愛茜：「白莎對這件事看法如何？」

「喔！她高興得不得了。」愛茜說：「她關照報紙一來就送去給她，她像隻孔雀，快開屏了。」

「那個女職員呢？」我問。

「她今晚和照相的有約會。」

「動作蠻快的。嗯？」我問。

「哪一個？女的還是男的？」

「你認為呢？」我問回去。

「乾柴烈火。」她說。

「我怎麼沒注意到我們辦公室還有烈火？」

她把眼光移向地上：「我覺得你最近不像以前那麼注意周圍了，唐諾。」

「我不必了。」我告訴她：「我今天發現白莎要獨佔我們公司的對外公共關係，她不要她合夥人參與。」

「你們合夥人之間的事，我保持絕對中立。」卜愛茜說。

「你的戰略真高明。」

「唐諾，你會出席那宴會嗎？」

「我不去，」我說：「這是白莎的獨腳戲，她找來的生意，她的宣傳；她會站在電梯前看上上下下的女人，要是領口開得低，她可以窺一眼有沒有夾帶一個玉菩薩出去。」

愛茜大笑。

我走去柯白莎的私人辦公室，敲敲門走去說道：「恭喜了，白莎。」

「恭什麼喜？」

「那張照片，宣傳呀。」

「喔……不斷的有幾次宣傳對私家偵探只有好處沒壞處。」

「我就是指的這個。」我說。

白莎又把已經翻到皇甫家宴會一面的報紙拿起來，仔細看那張照片。

「賤貨。」她說。

「我們的人？」我問。

她點點頭。

「搞公共關係的說我們需要一點大腿。」我說。

「那是什麼大腿，」白莎說：「故意露的！」

「還是你不錯。」我說：「看起來罩得住得很。」

「那還用說。」她倔強地說。

第三章　六呎長的吹矢槍

午夜時分，我回到自己的公寓。淋了個浴，爬到床上，正要熄燈，電話鈴響。

我拿起電話說：「哈囉。」白莎的聲音像狂風掃落葉似的自電話傳過來。

「唐諾，」她喊道：「快來，快到這裡來！」

「這裡是哪裡呀？」我問。

「屋頂公寓——皇甫幼田的屋頂公寓。」

「什麼大事？」

「別扯了，不要和我辯，」她大叫道：「快過來，穿條褲子就過來，快一點。」

「好，」我說：「我馬上來。」

我把電話掛上，起身，穿上衣服就開車過去。

從報上的形容和白莎的口述，我對那邊的情況已相當清楚。皇甫家的住宅是在一個公寓的二十一層。要上這一層必須在二十層上另搭一個專用電梯上去，這專用電梯上下於屋頂公寓和在二十層上的接待室之間。

當皇甫家有宴會或請客時，接待室開放，專用電梯有操作員，否則電梯可以自動操作。要見皇甫的人必須於一樓櫃檯用電話聯絡，皇甫要見的人，他會派人乘電梯下來，打開接待室的門，在二十層走道上迎接他。皇甫不想見的人，即使到了二十層樓也無法上去，除非他有打開接待室門的鑰匙。一旦進了接待室，電梯是自動操作的，但按鈕是相當隱藏的。只有按對電梯才會下來，在接待室也有一個隱藏得很好的電話，可以單獨和皇甫的公寓通話。

第二十層上的接待室相當大，本身佔地約如本大樓的一個小公寓，有個門通往第二十層的走廊，從外面看這個門，以為只是一個普通小公寓門，門上有個號碼「二〇S」。

當我到達第二十層的時候，接待室門開著，電梯裡有專人在操作。我把卡片給他。即使如此，也未見太多效果，只見他對我說：「等著。」電梯門就在我眼前關起，他逕自把電梯開上去，顯然是直接向皇甫幼田親自報告了，因為當他下來的時候，他表示非常抱歉地說：「對不起，先生。我剛才只是奉命行事，我現在立即帶你上去。」

我走進電梯，他按下電梯帶我上去。

電梯門打開，我又走進了一間大的接待室，東方的地毯，水晶吊燈，一側是一排舒適的椅子，一側是寬敞的隔間，設計得可以在開宴會的時候用作衣帽間之用。

一個裙子短到差不多不能稱為裙子的女郎，站在櫃檯後接受了我的帽子和大衣。她看起來非常疲倦，但是硬擠了一個笑容出來。

一扇門打開，倪茂文匆匆走過來。他穿了正式的禮服，但滿臉的灰頭土臉相。

「請進，」他說。

「什麼事？」我問。

「進來再說。」

我跟了他走進一個佈置得非常令人安適，東方色彩濃厚的房間。

房間裡的客人分開一堆堆，各聚在一起，每個人都在發言。

我認出房間當中一堆，最高的一個是皇甫幼田。他的照片經常會在不同的每週發行一次的雜誌，運動狩獵期刊及社交欄上看到。

柯白莎也在這一堆客人中，她好像高興找到了離開的理由，她走過來抓住我的手臂，抓得那麼緊，好像她從一百呎高樓落下來抓到了什麼救命的東西似的。

她臉上厚厚的白粉竟遮不住她皮膚的豬肝色。額角上冒了不少汗點，她氣得快瘋了。

「狗娘養的！」她說。

「我？」我問。

「他，」她說。

「那還差不多。」我說：「發生什麼事？」

她說：「過來這裡，我告訴你。」

「柯太太。」皇甫幼田有神地叫了一聲。

「我等一下過來。」柯白莎高聲對他說：「這位是我合夥人，我先和他談談。」

「帶他過來，我要見見他——現在。」

白莎猶豫了一下，帶我過去。

皇甫幼田是一個天生有男性魅力的人。

他六呎二吋高，天生寬肩，服裝又墊了肩，使他腰部看起來更細，上身是個三角形。

看到他令我想到有一次有一個短文，寫到記者訪問他的裁縫，裁縫師說：

「老天，這個人不須特別的裁縫技巧，他本身就是一個好的衣服架子。」

皇甫幼田眼光向下看著我，伸出一隻日曬健康膚色的手。

這傢伙把自己曬成古銅色大概和吃飯一樣重要，天氣好的時候，他要日光浴，天氣不好的時候，他用人工燈光來曬。他保持自己有健康膚色，任何時間，任何場合，大家都會羨慕地以他為中心。

「你是柯白莎的合夥人，久仰了。」他說。

他和我握手，我忍耐著希望我的手骨不要斷了。

「很高興見到你。」我說。

「這裡給弄得亂七八糟。」他說。

「怎麼回事？」

「有人就在你合夥人大鼻子下面，偷走了我另一座玉雕的菩薩，和我的侏儒族吹矢槍。天知道還掉了什麼東西。

「我不知道你們偵探社對這一類工作有過多少經驗，但是很明顯的，連最古老的騙術你們也不知道。有人把邀請卡給開電梯的看，上了樓，把邀請卡想辦法帶下樓，又弄了個小偷上來。小偷就用那張邀請卡，大模大樣經過你合夥人柯白莎鼻子底下進來的。顯然你合夥人沒有把邀請卡和名單來對照。我還沒時間擬一張失竊清單，但是已經知道的有吹矢槍和玉菩薩。玉菩薩和上次小偷偷去的一座本來是相同的一對。

「老天，大家會以為我是專門把古董珍玩散出去送人的——上一次失竊，我倒不太難過。但是這一次，這一次我是付了錢請人來看守的。我做那麼多報紙宣傳，冒了不少險。我現在都不敢報警，弄到大家知道出醜。當初是我自己要向他們挑戰，現在落得如此灰頭土臉。」

向這邊走過來的金髮女郎曲線玲瓏，態度有禮，和他不一樣。「幼田，」她說：「也不全是他們的錯。」

「不要告訴我不是他們的錯。」他說：「老天，我付他們鈔票的，我請這個女人站在這門口檢查邀請卡，結果發現她連最簡單的基本工作，進來一個在名單上劃掉一個也沒有做。」

白莎說：「邀請卡上有你的簽名，我當然放他進來。」

「當然，每張都有我的簽名。」皇甫說：「但是，你知不知道把張三放進來了幾次？張三自己上來了，可以把邀請卡弄下去，小偷就拿了張三的邀請卡又上來。」

我第一次開口問道：「你的意思是張三自己把邀請卡帶下去的？」

「當然不是，」皇甫幼田看看我嚴酷地說：「他請上上下下供應食品的助手帶下去的，這是老辦法了，也許塞他個十元錢，叫他帶下去交給一個不可能交錯的人，譬如靠在牆上吸一支大雪茄。」

我看向白莎。

她臉漲得很紅，眼睛在冒火。「邀請卡上面，他們可能騙過了我。」她說：「但是我告訴你，不可能有人帶了一支吹矢槍經過我前面，我看不到的！」

「我也相信那支吹矢槍你會在什麼地方找出來的，親愛的幼田。」金髮的說：「你一定是自己放在什麼地方，有人把這東西拿出去是不可能的。」

「這是我太太。」皇甫簡短地說，以示介紹。

金髮美女向我笑笑。

我記起有本雜誌說到她在和皇甫結婚前，是什麼選美會皇后。她有這個資格，而且我看來她心地善良。

「那玉菩薩呢？」皇甫問：「你也認為放錯地方了嗎？有人把玻璃盒子打破——」

「幼田，這一點我同意你的。」她把一隻手安慰地放在他手臂上說：「但是你不能一切歸咎於柯太太，她只是我們聘來看門不讓小偷進來，假如你要她來保護你的寶貝，你應該說清楚要她負什麼責任。她當然會多派幾個人來看守住。」她向我一瞄說：「也許她的合夥人，賴先生會一起來的。」

皇甫幼田又向下看看我。

白莎說：「你只要早告訴我你要我看住哪個鬼菩薩，現在啥也掉不了。唐諾可以守門查邀請卡，我親自站在那裡看定這個菩薩，隨便哪個女人想把那玩意兒塞在胸前，我把她腰子以上剝光。但是我絕對相信這些客人在離開的時候沒帶走這些東西——至少我守門的時候沒有。」

皇甫幼田藐視地自鼻孔嗤然出氣，轉身大步走開。

「你不必理會他。」皇甫太太說：「他當然會不舒服，但是過去了他也就算了，事情一開始他總是這樣的。」

「那玉菩薩要值多少錢？」我問。

「幾千元。」

「其他的東西呢——那吹矢槍？」

她聳聳肩，做個不知道的姿態，這個動作加重了她剪裁上衣的優點。「一毛錢也不值，」她慢慢地述說，強調她對這種東西的看法：「老實說，賴先生，這玩意兒要不是已經被偷掉，本來早晚也會被我拋出窗外去的。假如我不怕路上正好有『衰』的人腦袋會開花的話，我也早把它甩出去了。那玩意兒是個很長，容易黏灰塵的難看東西。你一轉身，蜘蛛就會爬進去。再說這些吹箭，才真是危險的東西。據說是淬上極毒的，我知道只要刺破一點皮，也是致命的。我從不叫傭人去清掃他的陳列室，我都是自己去的。」

她向我笑笑又說下去道：「我不作數的告訴你，我私人希望這支侏儒族的吹矢槍和那些有毒的吹箭從此消失無蹤，再也不會出現。我願意登個報，出個賞格——不是把它送回來，而是給永遠不送回來的人。」

「是長長一支分不開的，還是可以分開來湊起來的？」

「是結結實實一支的。我丈夫認為這是原始部落的大傑作——你看他們要找根樹的枝或是幹，用火烤使它變直，然後在當中要捅一個洞。因為樹幹太長，使用的時候前面會彎下來，所以這個孔還必須使用的時候是直的——我認為他們是用火燙出來，然後不知花多少天，用什麼方法來打光這個洞的。是一長條硬極了的木頭，裡面的洞光得像玻璃。

「我見過幼田用嘴吹過一次這種吹箭，速度很快，因為有神祕性，所以看起來怪里怪氣。」

「用的是毒箭？」我問。

「不是，不是。」她說：「毒箭他放在特別的容器裡；他叫它箭囊，箭袋的。但他自己用很輕的木頭做了些吹箭……一種南美洲才有的輕木頭。他在前面裝上金屬的箭頭，尾部加上羽毛，用絨線繞到和吹矢槍裡面的洞一樣大小。蠻奇怪的，這玩意勁道足得很。」

「吹箭也偷掉了嗎？」我問。

「用來示範的吹箭？」她問：「我不知道。」

「放在哪裡的？」

「他個人房間桌子的一個抽屜裡。賴先生，這件事你不必太難過，也不必太理會幼田講的一切。有不如意事的時候，他總是這個德性。我保證，明天他就不當回事了——反正，以前他也挨偷過。他每件東西都有保險。再說，一個像他身分的人，這種事也免不了的。」

她向白莎笑笑，把手給我握一下：「你不介意吧，賴先生。希望你不介意。」

「不會，沒什麼。」我說。

「我告訴你一個祕密。」她說：「我先生所以會那麼生氣是因為他輸不起。今晚是他故意佈置的陷阱。否則他不會如此生氣的。這也是為什麼他做了那麼多宣傳。他就是賭今天晚上小偷敢不敢來偷點東西走。

「你要知道，他經常失竊一些值錢的小東西，他決定要捉住這個偷東西的賊。這些找個私家偵探守住門口看邀請卡，本來就是個掩人耳目。真正的理由是不使人知道他已經裝好了一台X光在電梯裡。」

「X光在電梯裡？」我問。

「是的，他三個禮拜之前裝妥的。你也許到過安全檢查很嚴格的單位，他們讓你走過一個房間，在另一房間的人可以用X光透視你，經過透視幕，你要是帶刀帶槍，他們都知道。」

「我在州立監獄見過。」我說。

「每一位今晚離開的客人都會經過X光透視。這些東西不可能離開這一層樓……但是，就是不見了。

「現在，假如你不在乎，我要去看看我先生，不要讓他氣爆了。」

她向我笑笑，離開我，走向房間當中這一群，她的臀部順溜地擺動著。

「真是渾蛋加三級。」白莎對我說：「把你眼睛從她屁股上移開！我們一定要開始工作了。」

「我是在工作呀。」我說。

「看起來不像。我們現在該怎麼辦？」

「都辦好了。」我說。

「你不能一推六二五，都放在我肩上。」白莎說：「我們是合夥公司——我看你是有意自己出去泡爛污妞，把我一個人丟在這裡看這些渾帳客人。」

「你沒有要我來呀，」我說：「你自己要出這個風頭，你自己要照個相，你是那個罩得住的女神探，要抓住小偷腳跟，把她倒提起來，把一支六呎長的吹矢槍從她懷裡搖出來，是你自己——」

「閉嘴！」白莎向我說。

「你在樓下電梯旁邊查看每一位客人的邀請卡，是嗎？」

「是的！」白莎簡短地說。又加一句：「你千萬別問我為什麼不查對客人名單，來一個劃掉一個。否則我當了這些人的面把你打扁。」

「我本來也不會問你這件事。」我說：「供應食品的人怎麼上來的？另有電梯嗎？」

「沒有，」她說：「只有這一條路。從唯一的電梯上去。所有的東西要從這電梯上去，所有的東西要從這電梯下來。」

我說：「那你倒說說看，怎麼可能有人拿著一根六呎長，不能摺疊的木製吹矢槍，偷運出這個地方呢？」

白莎看著我，閃爍的小眼拍擦拍擦很快地眨著。

「你可能的確把一個小偷放了進來。」我繼續說：「但我絕不相信你會笨到那種程度，人家拿一支吹矢槍在你前面走過，你也覺察不出來。」

白莎想想我說的，一陣笑意爬上她臉。「那麼，這玩意兒是被藏了起來。」她說：「一定還在屋頂公寓什麼地方。」

「除非有人把它遞出窗去上了屋頂了。」

白莎說：「他在等保險公司的人來。他要我向保險公司做個報告。我希望他早點來，我可以早點離開這裡。」

「有沒有報警？」

「沒聽說要報警。」白莎說：「他不要任何人向警方洩露一個字。他要這件事靜靜處理……你又幹了什麼事，他們對你那麼好？」

「你說什麼？」我問。

「我是指皇甫菲麗呀，親愛的！」白莎說：「你進來了之後，她一直在看你，一直主動在搭訕……老天，我一點看不出你有什麼好。你是小不點玩具手槍，又不中看又不中用。皇甫幼田一隻手就可以抓你起來。兩個你也沒有他——」

「不襯肩的話，一個半就可以了。」我說。

「好吧，不襯肩，一個半。」白莎說：「但是……」白莎停下來，看向皇甫太太含意深切地說：「皇甫幼田為了家族聲譽把自己『襯』得那麼大，他太太可是一點『襯頭』都沒有的。」

「你要我留下來陪你討論這個話題？」我問。

「我要你留下來，保險公司的人來的時候，我要你跟他談。他——看，那個人一定是保險公司來的。」

電梯門打開，倪茂文帶了穿藍色衣服的人進來，臉上尚有睡意，一定是睡了一半匆匆被拖起來的。

皇甫幼田把我們集在一起，替我們介紹。保險公司的人叫屈偉力，他發問，做記錄。「玉菩薩你估計要值多少？」他問。

「九千元。」他說，連眼都不眨一下。

「玉的雕製品？」

「非常高品質的玉，」皇甫說：「東方人稱之謂翡翠。額前嵌粒紅寶石。」

「不久之前你有一尊相似的玉菩薩也失竊了？」他問。

「是的，和今天失竊的是一對。」

「兩個一樣的？」

「是的。」

「每一個地方都一樣的嗎？」

「我對你說過，它們是一對。完全一樣。」

「另外一尊你估的是七千五百元。」保險公司的人說。

皇甫眨了一下眼睛快快地說：「我說九千元是玉菩薩和吹矢槍合在一起約估的。」

「原來如此，」保險公司的屈先生說：「兩件東西九千元。那支吹矢槍是一千五百元。」

「還有吹箭。」皇甫說。

「喔，是的，多少支呢？」

「六支。」

「能不能分開列，吹矢槍多少錢？吹箭多少錢？」

「不行。」皇甫草率地說：「我分不開來說。事實上兩件東西都是無價之寶。這些吹箭頭上有一種毒質，我國是不准進口的——老實說，吹矢箭槍本身是無可比喻的藝術品。失去了就再也沒有了。是——」

「我懂，我懂。」屈先生打斷他說：「我不過是打聽一下估價的依據，可以向公司報告。一千五百元是吹矢槍和吹箭。七千五百元是玉菩薩。」

他打開手提箱，拿出一張表格，就墊在手提箱上，開始填寫。

「喔，不必忙在今晚，」皇甫幼田的態度突柔軟下來，他說：「我想我今晚太緊張了。實在沒理由要你半夜趕來，但是——」

「沒關係——沒有關係。」屈偉力暫時停下來向上用估了優勢的眼光看看他。說道：「我們就是幹這一行的。我們要提供的就是這種服務……就在這裡，皇甫先生，你簽個大名，支票馬上寄到，不再會有人來麻煩你。」

皇甫幼田看了給付申請單上的內容，簽了字，保險公司的人打開手提箱，把單子隨便向裡一拋，向大家鞠躬說：「晚安……我應該說各位早安。」逕自走向電梯。

白莎有如傻瓜樣楞在當地，我對皇甫說：「我想我們也沒什麼事了。」

「誰說沒有，」皇甫說：「我要把我東西找回來。」

我指向白莎說：「她是我們公司管接客戶和財務的。」

「你什麼意思？」皇甫幼田說。

我說：「你聘我們公司不要讓小偷帶東西出去，不是聘我們公司找失竊的東西。假如你要我們公司替你找回失竊的東西，那是另外一件工作，當然要重新來議定條件。」

他臉漲紅，很快向我走上一步，然後自動停止，他把眼睛向我眼睛看定，突然大笑起來。

「你倒講得有理。」他說：「賴，我道歉。我一開始把你估錯了——我想我錯了。」

「不必介意。」我告訴他。

白莎神氣地說：「很多人對唐諾都會估計錯誤。他長得小一點，但他硬得很——而且有頭腦。」

「省省吧，白莎。」我說。

「我對他可絕沒有弄錯。」皇甫太太說：「我看到能幹的人我就知道。賴先生，我們要說再見了。能見到你們真是件高興事。我相信我先生明天會到你們辦公室和柯太太談這件事的。」她和我握手。

她轉向白莎說道：「柯太太，晚安。」

我向正在引導屈偉力進電梯的倪茂文叫道：「等等，倪先生，我們一起下去，可以省電梯跑一趟。」

「好，我們等你。」倪茂文說。

我避免再和皇甫幼田握手道別，免得我的手又要疼痛很久。我們大家互道晚安，我和白莎進電梯，電梯門關起。

保險公司的人看向我，微笑說：「交換張卡片好嗎——我知道你們偵探社，我想要你們一張卡片。為了報告，你知道。」

我給他一張我們的卡片。我們從二十層出來，換了個電梯來到大廳。倪茂文只送我們到二十層就搭私用電梯回屋頂公寓去。

「這一類事情，你們遇到的不少嗎？」我問屈偉力。

「老天，是的。」他說：「我老會碰到的。拿皇甫幼田這種人來說，他有一個房間陳列他周遊世界收集的珍品。每次他自己回來坐在房裡看看，總覺得值個百把萬。我們連估價都懶得估。這是件好生意。世界上絕對不會有傻瓜去把這些垃圾都搬回家的。偶一有人偷掉了一件他喜歡的東西，我們就付特別誇張的價格。但是那些垃圾的總價報得太高，保險金付得高，我們不在乎賠他一些，反正還有賺，賺得還多。大家高興，沒什麼人有怨言。

「唯一我們可能會倒楣的機會是火警。但他的公寓自動防火系統非常好……我們願意替所有他的收集品保一百萬元險。但是這傢伙一旦死掉，這些玩意拿來拍賣，你知道會有什麼結果的。」

我不說話。屈偉力用手指敲敲裝著皇甫幼田申請單的手提箱，繼續說道：

「這件事他們大概拿回去一萬元，那支吹矢槍，他們必須拋掉，再也不能露面了。當然還有各種安排也花了不少錢。」

第四章　資料管理員

第二天早上，我跨進辦公室的時候，卜愛茜說：「白莎在咬指甲，快把手指咬掉了。」

「她要什麼？」

「你。」

「為了什麼？」

「昨天宴會裡的竊案。」

「我以為她要自己處理這件事。」我微笑著說：「報紙不是說由她負全責嗎？」

卜愛茜在這種合夥人之間的摩擦，一向保持中立，但這次她一本正經地說：「今天早上她可不是這個味道。」

「好吧，」我說：「我去看看她。」

我來到白莎的私人辦公室，故意有禮地敲敲門上玻璃再進去。

「老天！是也該見到你來上班了。」白莎提高聲音說。

「又是怎麼啦？」

「這渾帳的玉菩薩和吹矢槍。」

「它們又惹你啦？」

「我們要把它們找回來。」

「姓皇甫的又不要它們真找回來，」我說：「要是真替他找回來了，他得退回保險公司九千元。」

「他可不如此說。他要找回這些東西。」

「好呀！那就弄回給他呀。」

「不要對我來這一套。你說說看這種東西丟了怎麼弄得回來？你加入這裡之前我做的都是瞎馬推磨的一般工作，公文送達啦，盯盯梢啦，訪問證人啦。

「也只能賺點推磨得來的蠅頭小利。

「然後你來替我工作了，像頭黃鼠狼東竄西竄，我眼前老覺得州立監獄的門在開著等我們。」

我看向她手上大的鑽石戒指。

白莎跟了我眼光，知道我在看什麼。突然她笑道：「好了，唐諾。我也不再裝腔做勢。有什麼辦法辦這件事，但是不能讓警察知道？」

她把她會吱咯作響的迴轉椅向後一推。站起來在辦公室用她獨特的步法——來回地走，一半搖晃，一半大步邁進。「他樓上一起來了六十二個客人。」她說：「六十二個，你看，六十二個客人，每個都有邀請卡。我每一個都檢查了。他說每一個都可靠絕不會做這種事的……但是，其中一個我們知道拿走了玉菩薩，拿走了吹矢槍。他要找它回來。」

「唐諾，不能通知警察，你說怎麼辦？不通知警察，你沒有辦法查各地當舖，可能這東西也不會去當舖。我看是進了某一位客人的私人收藏了……」

「除非那支吹矢槍拿不出去，現在還在什麼人床底下或壁櫃裡。」我說。

「但是事實和你想法相反。」她告訴我：「我向他們建議那吹矢槍是被客人之一藏起來了，他們今天早上把屋頂公寓仔細找過了，每一個角落都找過了。」

「報上登個廣告，」我說：「請那一位不小心在一位知名人士邀請的宴會上把兩件珍品帶出會場的人，和四二〇信箱聯絡——有賞格。」

白莎生氣地對我說：「不要把這件事當兒戲。」

「我不是當兒戲。」我說。

白莎嗤之以鼻。

「這是一個合理的好建議。」我告訴她：「假如你認為不好，你不做就是。」

「假如我認為不好！」她大叫道：「這件事你也有份！你是負責要去把這東西找回來的人。我的工作已經完成了。你不會叫我負責全部合夥事業的工作吧？」

我把眉毛抬起。

「我昨天去那邊忍著腳痛站在這渾蛋的電梯前面，裝著笑臉看每一個渾帳客人，要看他們的邀請卡……唐諾，不要再搬出你那無聊的一套來。你要負責把這些東西找回來。你放心，我也不會閒著，那個該死的秘書倪茂文再打電話來的時候，還是需要我來告訴他，我已經請你辦這件事了。」

「多妙呀，」我說，向椅背上一靠，點上一支香菸：「你和倪茂文處得還好嗎？」

「討厭他到極點，」白莎說：「他是一個兩面光，故作風雅，一毛不值，諂佞的狗養的。」

「那照相的呢？」

「那照相的，」白莎說：「人還不錯，蠻好的。」

「他昨晚也在那裡吧？」

「當然，他滿場飛，給大家拍照。」

「他是私人照相師嗎？」

「要看你對私人照相師的定義。皇甫要照片。不論他做什麼事，他要拍照留念。」

「昨天這個宴會為的是什麼藉口？」

「他才從野蠻族探險回來。拍回來的照片有女人頭上頂了籃子在走路，女人上身什麼也不穿。大動物的屍體，皇甫幼田站在邊上，一隻腳踩在死動物肚子上，獵槍擱在臂彎裡，滿臉滿足的假笑。」

「你不可能看到吧？」

「我沒有全看到。我在二十層上守著這渾蛋電梯，直到所有客人到齊，然後我到二十一層守住電梯出口。有人進來出去我都可以看到。」

「後來有沒有人上來？」

「兩個。」

「到底他去哪裡探險回來？」

「非洲或是婆羅洲什麼地方。我從沒唸好過外國地理。」

「非洲和婆羅洲可差了十萬八千里。」我告訴她。

「你的信口雌黃脫口秀，也和找回那些東西差了十萬八千里。」白莎說。

「有沒有獻旗，授旗一類的儀式。」我問：「探險家俱樂部什麼的？」

「喔，當然，」白莎說：「這總是免不了的。他們先放了段電影，一個傢伙拿了旗子在蠻荒領隊，他們把旗子帶回來，又把旗子交給了什麼人，反正一大堆儀式。」

「那個什麼人又把旗子帶走了？」

「那個什麼人把旗子帶走了，是的。」

「那個什麼人是誰——你知道嗎？」

「老天，不知道。是個看得出死拍皇甫幼田馬屁的蠢傢伙。是個什麼鬼俱樂部的經理。」

我站起來，伸個懶腰，打個大哈欠，對白莎說：「我盡力而為。你不贊成報上登廣告的方法，是嗎？」

「滾出去，」白莎說：「否則我拿東西摔你。」

我走下去喝了杯咖啡，買了張早報。

倪茂文這個公共關係專家，辦事情很俐落。皇甫家的宴會寫得很有格調。有兩張照片。一張是皇甫幼田站在一隻少見動物的邊上，一隻腳踩在牠胸部。另一張照片是皇甫幼田手裡拿了一面國際親善俱樂部的大旗。

國際親善俱樂部是經由國際不同民族間，文化和風俗的互相瞭解，來增進友情的一個機構。

我上樓回到辦公室，對卜愛茜說：「對我們的資料管理員，你知道些什麼？」

「顏依華？知道不多。」

「她來我們這裡工作多久啦？」

「大概六個禮拜。」

「她對白莎的看法如何？」

「嚇死她了。」

「她對我的看法如何？」

「你為什麼不自己去問她呢？」愛茜故作高貴地說：「我又不是拉皮條的。我是你秘書。」

「別胡扯，因為你是我秘書才問你。」我說：「這是公事。」

「誰信你。」她用鼻吸氣地說。

「把她叫進來。」我告訴愛茜：「免得她也誤會了。等一下我和她談話的時候，希望你也能在旁聽。」

她看著我好奇地說：「到底是什麼事？」

「把她叫進來你就知道了。我沒把她嚇死吧？」

「顯然沒有。」

「好，由你去叫她進來。」

愛茜走出去，過了一下她把顏依華帶了進來。

我很仔細地看看顏依華。她貌美，有曲線。目前因為心有警惕，所以滿臉表現靜嫻以為保護色。她穿了件高領毛衣，外套和裙子。毛衣很緊身。

「是你要見我，賴先生？」

「依華，請坐，」我請她坐下：「我要和你談談。」

她很自然地向我笑笑，胸部挺起，也向愛茜笑笑。

「愛茜，你也坐。」我說：「我想問依華一些私人問題，希望你能在場。」

依華想說什麼，改變主意，突然爆出一句說道：「要一個女人回答你私人問題最好是沒有旁人在座。」

我點點頭表示她說得也是有理。我說：「我正想認識一下那天來這裡照相的人。我可能要派個人對他下些功夫。」

「喔，禮南，」她說。又加一句：「他叫白禮南。」

「你對他知道多少？」

「真的！賴先生。前天之前，我沒見到過他。」

「我不是這意思。我是問你對他知道多少？」

「他人不錯。」

「他做什麼的？」

「他照相。」

「他有沒有告訴你和皇甫的關係？」

「喔，有。他和皇甫先生一起旅行，全團有一個好的照相記錄是他的責任。他負責三件事：黑白和彩色照片——做書和記錄用的；彩色幻燈片——演講用的；和彩色電影——開宴會娛樂用的。」

「昨晚的宴會，你參加了嗎？」

她做了個鬼臉，簡短地說：「沒。」

「怎麼會？」我問：「我以為你和禮南出去了。」

「誰告訴你的？」

「算了，依華。」我說：「不要不好意思。我是偵探，你知道的。我注意到他那天照完相，把你電話號碼記在他小本子裡。」

「那是我地址。」她說：「他答應洗出來後寄給我一張照片。」

「他不願意寄到辦公室來？」

「是我希望他寄我公寓去。」

「已經收到了嗎？」

「沒有。今晚可以拿到。」

我笑笑說：「郵差也要下班，我想大概是親自專送。」

她也笑了：「有什麼犯法嗎？」

「沒有，沒有。」我說：「我只是要多知道一點禮南，你昨晚上陪他出去了，今晚上也要陪他出去。」

「昨晚上我沒有陪他出去。」她說：「我們本來是要出去的，但是發生了很大意外事情，他只好打電話給我取消。他……他本來要想辦法讓我混進宴會，去看他拍的電影，然後吃點東西再送我回家。但是那邊發生了事情他跑不開，我也不敢讓他偷渡我進去，因為……你知道，什麼人在守門。」

「嗯，這還差不多。」我對她說：「今天的工作到此為止。」

「今天的工作？」她加重語氣地問。

「我可不可以明天早上，再問你有什麼進展？」

「明天早上？你明天早上想知道什麼呢？」

「對這傢伙多瞭解一點。他的工作。特別想知道昨天這個宴會他拍了多少張照片，我每一張都要一個拷貝。」

「為什麼？」

「因為我們在替皇甫先生工作。我必須要有這些資料。我也可以從皇甫那裡得到，但是我寧願從照相師那裡得到。我不喜歡和客戶討論我們工作的方法，我對客戶只做兩件事，給他結果和收取支票。」

她猶豫著，用食指指尖依著裙子在她交叉著大腿部份的摺線，慢慢劃著。

「怎麼樣？」我問。

「可以。」她說。

「很好。」我告訴她。

「還有什麼事？」她問。

「沒有了。」

她站起身來，走向門口，突然停住，轉身對我說：「賴先生，有一點請你瞭解，我不受人控制去做對別人不利的事。我……假如這件事是真對我們有利，禮南有利，我會去做，但是我從來沒有出賣過朋友，今後也不會。」

「沒有人叫你出賣朋友，放心。」我告訴她。

「謝了。」她說，走了出去。

卜愛茜看看我說：「我想你自己知道在做什麼！」

「還沒有。」我告訴她：「我只是東竄西竄想竄出條路來。」

「那你要對她小心些。」愛茜說：「馬路消息，這寶貝花樣多得很，大多是不正經的。」

「我會注意，謝謝你告訴我。」

她說：「不是告訴你，是警告你。」

第五章　婆羅洲遠征隊的旗桿

國際親善俱樂部在電話簿上查得到。我抄到地址，乘計程車前往。

我想像中它的辦公室不過是個收受信件的地方，大不過一小間，請個兼職秘書小姐處理信件。但是我錯了，令人驚奇的，竟是一個華麗奢侈的辦公室，後面有會員室和專用圖書館。

經理用很高興的態度來招呼我。

「我姓賴。」我告訴他，和他握手：「我是個作家，我希望能對這個俱樂部多瞭解一點，我想寫一些有關這方面的文章。」

「我是龐得福。」他告訴我：「我是俱樂部秘書兼經理。任何你要我們做的事，我都十分願意辦，賴先生。你看我們都是理想主義者。我們認為我們的想法很重要。」

「你們這地方真好。」我說。

「小了一點。」他說：「我們的圖書館專門收集冒險、探險旅行，地理方面的書籍。有些真的是珍本，我們有個自助酒吧。會員可以把自己愛用牌子的酒放在這裡，我們供應冰塊等等。目前小一點，會擴大的。」

我點點頭，從口袋拿出一本小記事本，走進去，四面環顧著。

「請問賴先生，你是代表哪一本期刊的？」

「我是自由作家。」我告訴他：「我喜歡找合適的題目，賣給合適的雜誌。」

「原來如此。」他的聲音失去了一點熱情。

我走進去，看看藏書，沒有一本是新的。有跡象是從別的圖書館接收過來的。我隨手拿下一本有關非洲的書籍，發現第一頁空白的紙上寫有皇甫幼田的名字。

「這位皇甫幼田不就是最出名的探險家嗎？」我問。

「喔，是的，這裡有不少書本來是他的藏書。」

「他捐的？」

「是的，你知道現在這種新式房子的困擾。居住地方越來越小，沒地方來放藏書。二十年前我們的房子夠大，五十年前皇甫家自己有圖書館，不比這個小。」

「所以他把旅行和冒險的書都捐出來放這裡？」

「一部份。」

「還捐別的東西嗎？」

「是的，我們的會員對捐獻都是很慷慨的。」

「貴會有多少會員呢？」

「我們對會員選擇很嚴格，老實說，賴先生，我們重質不重量。」

「能告訴我多少嗎？」

「我想我們俱樂部不會太熱衷於真正內情的發佈，我們最希望大家多多代我們宣傳我們俱樂部的宗旨。我們促進國際間的親善，我們希望瞭解外國的文化。」

「那真是好極了，不知你們如何促進彼此的瞭解？」

「俱樂部提供一系列的講演，呼籲大眾對別的民族要多關懷。像是他們的想法、他們的風俗、他們的文化、他們的政體。」

「非常值得讚揚，你們有沒有付薪水的講演者呢？」

「喔，當然。」

「能給我他們的名字嗎？」

他又猶豫了。「特別提起某個人名字，好像不太合適。」

「我想，」我不在意地說：「這裡的會員有的時候自己也出去主動講演吧？」

「喔，是的，這本來是我們重要的工作。」

我轉身看向他：「在你記憶中，到底有沒有不是會員而出去講演的。」

「你如此問，我就老實告訴你，我們俱樂部希望講演的主題必須絕對正確，所以不太敢請外面的人來主講。」

「你們有面會旗吧？」

「是的，當然有。」

「我想你們會旗曾豎立在世界各個地方。」

「是的，賴先生。我們有很多照片證明我們的會旗或小旗曾隨各次遠征隊到世界各地。」

「不知能不能把你們會旗照張好一點的照？」

「喔，當然可以。我們甚至可以提供幾張你要的給你。」

「你有沒有貼在簿子上可以選的呢？」

「當然有，賴先生。這裡都是，一大堆。」

他推開一個櫃門，裡面兩個架層都是貼照片簿子。

我隨便挑選一本，是皇甫幼田非洲之旅。

我拉出另外一冊，是印度獵虎之旅。另一冊是阿拉斯加的大狩獵。

「照片不錯。」

「是很好。」

「能親眼看一下這些旗子嗎？都放在這裡嗎？」

「喔！是的。我們把它們放在一個特製壁櫃裡——一個特製的地方。」

他打開一扇門，拉出一排旗座，底座很重，裝有輪子的旗座。每個旗座用圓不銹鋼環套住一面旗，旗子都是同一圖案，但每面寫著不同的遠征隊名字，一起有二十幾面高大的旗子。

我一面一面的看，發現遠征隊的名字重複頻繁。二十六面旗，只有五種不同隊名。

「最後一面，一定是最近遠征回來的吧？」我不在意地問。

「是的。」他說：「事實上皇甫先生昨天晚上才把它交給我們保管。這是遠從婆羅洲轉回來的，真是值得稱道的遠征。」

我把那面旗從底座上拿起來，又把最靠近它的一面旗也拿起來，那是皇甫先生遠征墨西哥一個原始大峽谷帶回來的。

我把兩面旗上下搖著，從峽谷回來的旗桿是實心的，婆羅洲遠征隊那面旗桿裡有東西搖動、震盪。

「這是什麼？」我說。一面把墨西哥遠征的旗子放下，把婆羅洲回來的旗子設法倒下，看向它底部可以旋開的不銹鋼螺旋蓋子。

「喔，這個，」他笑著說：「這是最近最有用的設計，你看這個鋼蓋子可以兩種換著用，換上另一種就是很尖、很銳，可以插進隨便什麼地方，使旗子豎立著照相或是插在營前。當然在不用的時候拿起來太危險了，所以可以轉下尖的，把這個轉回去，變個蓋子。當然放在這裡也方便些。」

「真不錯。」我說。一面把蓋子轉下，把轉下的不銹鋼蓋放進口袋，把會旗斜過來抖著。

一支長長的黑色木條開始滑出不銹鋼旗桿裡的空洞來。

我用一隻手把它拖出來說：「這是什麼東西？」

「這，老天，」龐德福說：「這，怎麼啦……這是個吹矢槍……這有點像……，像皇甫先生的吹矢槍！這怎麼會在這裡面的呢？」

「就是說囉，」我說：「這怎麼會在這裡面的呢？」

吹矢槍五呎多長，由光亮黑色的硬木製成，像是生鐵的樣子。外表看得出加過熱，打磨過，又打光使它有金屬的樣子。我拿起一頭對著光一照，直直一條細孔，光滑得如同玻璃。

我把吹矢槍豎著靠在門角上，拿出旗桿子，旋迴到旗桿底部，現在這支旗比其他的輕多了，我拿起吹矢槍說道：「謝謝你給我那麼多時間訪問。」

「等一下，你不是要把吹矢槍帶走吧？」龐得福問。

「不要忙，」我說：「最終還是會還給它主人的。」

「你知道它主人是誰？」

「我和你一樣，知道它是皇甫幼田的東西。」

「由我來還給他。賴先生，這東西現在是俱樂部的財產。」

我笑向他道：「由我來還給他。」

他向前一步，唬著我喊道：「干你屁事！把它交給我。」

我說：「你也許能搶回去，我一走出這裡就報警。」

「我不相信皇甫先生會喜歡這種宣傳。」他說。

「最好的不使這件事宣揚出去的辦法，」我說：「是由我把這吹矢槍還給他，你把嘴閉起來。」

「什麼意思？」

我說：「這吹矢槍是失竊了的東西，我奉令要找回它，老實說這也是我來這裡的原因。」

「你……你——」

我把我的皮夾拿出來，給他看我是立案的正式私家偵探。

「滿意了吧？」我問。

他不斷的眨著眼：「你是私家偵探？」

「是的。」

「我……我絕對看不出來。」

我什麼也不說。

「你騙倒了我了。」

「也許你要告訴我，你怎樣把這支吹矢槍拿出皇甫的屋頂公寓的。」

「我沒有拿。」

我向他笑笑，給他一個我完全瞭解他的睇視。

「我向你保證，賴先生，我對這件事絕對不知情。我因為是這個俱樂部的秘書，所以我把這面旗拿回來，我把這面黃銅的名牌釘在旗座上，就把它放上這個旗座。」

「我看我們兩個要好好聊一下。」我說。

「你什麼意思，好好聊一下？」

「你不會喜歡這件把戲弄到大家知道吧？」

「你說這件把戲，是什麼意思？」

「你有沒有把這裡的帳給稅捐處看過？」我問。

「當然沒有，我們為什麼要？」

「你們是營利事業。」

「我們不是，賴先生。我們是一個以增進國際間親善和瞭解為目的的非營利事業。」

我向他笑道：「這是我想知道的。」

「知道什麼？」

「你說你們是非營利事業，我來告訴你實際情況。你們只有十個八個基本的會員；大概多不過這數目字。其他的可能都是不知情的名譽會員，你的基本會員捐獻極大量的錢給這個俱樂部，俱樂部資助他們出去旅行的全部開支。

「拿皇甫幼田來說，他想去婆羅洲，他有自己的遊艇、他的照相師、他的公共關係人、他太太和四五個客人。假如他自己付錢，稅捐處看起來是娛樂開支。即使像他這樣有錢，他還是付不起的。等他把日常開支結清，把旅行費用付掉，把所得稅付掉，他就快破產了。等於是旅行要付錢，付旅行的錢還要付所得稅。

「但是，他捐獻給俱樂部五萬元，因此俱樂部資助皇甫幼田去婆羅洲。皇甫回來把一面旗交還給俱樂部，也送一部電影做存查，一些照片做姿態。其實重要的是一張清單報銷五萬零六百七十一元三角。

「皇甫的帳上沒有這筆開支，因為是俱樂部資助的。但是皇甫帳上有一筆捐獻五萬元給非營利事業機構，這五萬元是可以從所得稅扣除的。

「有這個辦法，一批百萬富翁的會員，可以維持他們一年多次的狩獵旅行，用自己的遊艇出國，帶親朋環遊世界，全用的可以扣除所得稅的錢。」

「我甚至相信昨天晚上皇甫家的宴會，全部開支都列在你們俱樂部帳上，算是瞭解婆羅洲文化的專題演講會。由你付食品和臨時員工的錢，將來皇甫幼田將捐獻一筆錢來抵消。」

龐得福驚愣，狼狽地站在那裡看著我。他說：「你……你在替什麼人工作？」

「目前，我是在替皇甫先生工作。」

「但是，看起來一點也不像呀。」

「誰說不像？」我看訴他：「我為一件特定任務在替他工作。我受僱要替他找回這吹矢槍，我已經找到了。

「其他我剛才給你瞎扯的都是為了免費給你點忠告，叫你不要和我玩花樣，否則這件事會弄到報紙上去。這件事弄到報上去，你就失去了一個好飯碗了。」

他站在那裡盡眨眼講不出一句話來。

「再見了，龐先生。」我舉舉吹矢槍向他示一下意。

他深吸一口氣。「再見，賴先生。」他說。很有禮地一鞠躬。

我走出門去，手裡比來時多了支吹矢槍。

第六章　方匣照相機

白禮南的地址是在低級區的一個廢用辦公大樓。這裡的房子一度曾極值自傲，是大家羨慕的辦公所在地，但是現在，一再改變外貌和隔間，有的變了倉庫，變了裁製衣服，有一些變了單人公司的收件處。

我進去的一扇門上寫著：「白禮南——攝影師」。門一推開裡面什麼地方響起了鈴聲。有一個燈亮著，指示一塊牌子。「攝影師在暗房工作，請休息稍候」。

我環顧四周。

房間裡有一個辦公桌、一張迴旋椅、兩張椅子、一架攝影場用的照相機、一座放雜物的架子、一個玻璃拉門櫃，櫃裡好幾台照相專業人員手提的相機。

不少裝在鏡框裡的代表作掛在牆上。很多放大的照片和狩獵有關，皇甫幼田不斷的出現在照片裡。

兩分鐘之後白禮南才從暗房出來。眼睛眨著還沒太適應。「對不起，讓你等了。」他說：「我在暗房裝幾塊感光玻片，喔……是偵探。」

「是的，沒錯。」

我站起來，握手。

「有什麼我可以幫忙的嗎？你來這裡是……」

「想要些相片。」

「哪一類的？」

「昨晚宴會的。」

「我現在正在弄一部份。」他說。

「我要看這些照片。」我說。

他把眉頭蹙起看看我，然後他說：「可以，我把你當自己人，進來吧。」

暗房設計很好，進去的地方成「S」狀，即使冒失鬼誤開暗房的門，光線也進不去，是個大暗房，橘色的燈光照出掛在牆上的照片。

暗房的牆上雜然無章地掛著沖出來的照片；有的是裸的藝術照，有的根本是裸的照片；有的大膽到沒有雜誌敢刊。事實上牆上除了這種照，沒有別的照，唯一穿衣服的一張，穿的衣服比郵票也大不了多少。

「嗯，蠻不錯的。」我環顧一下，吹聲口哨。

「還能混就是。」白禮南承認地說。

「我要昨天宴會的照片。」我告訴他。

「為什麼？」

「為了研究那些客人的長相。」

「你是不是在替皇甫工作，賴？」

「是的。」

「你認為這些照片可以幫助你找回失竊的東西？」

「有可能。」

「對你有很多好處嗎？」

「什麼意思？」

「有賞格嗎？」

「沒人提過賞格問題——至少還沒有。生意是我合夥人柯白莎接的。」

「看我的照片可能幫助你得到點線索？」

「目前還不知道。」

「假如我幫你忙，你也會懂得幫我忙嗎？」

「也許可以。」

「我正好最近手頭緊得厲害。」他說：「今天特別需要，今晚我要帶個美女去吃飯。」

「有沒有試試約一下我們辦公室的那雙大腿？」我問。

「什麼辦公室？」

「我們辦公室呀。」

「喔，那一個。」他從口袋拿出一本小冊子，把燈光旋亮一點，看一下小冊子說：「我們來看，她叫什麼名字來著？姓顏，顏依華，很好聽的名字，我有她電話號。」

「這本名冊收集不少名字吧？」我說。

他用一根右手中指快速地翻了幾頁，聳聳肩說道：「這些貨帶出去三四次之後就無聊透了，我急著需要些新血。」

我說：「我自己也喜歡談這個話題，但是我必須先看昨晚宴會裡的照片，你照了不少閃光燈照吧？」

「五十張左右。」

「有沒有已經洗出來的了？」

「還沒有都整理好。」他說：「但是你可以看，我今天就是在做這件工作，洗出底片來，放大些八乘十的，有些剛從烘乾機出籠，要不要看？」

「當然。」

他走向烘乾機，烘乾機是一組熱滾筒形成的，濕的照片烘乾後自動落入抽屜去，他打開抽屜，裡面有三打左右的照片。

「照得很好。」我稱讚道。

「我是專家。」

我開始看這些照片。「這幾個女的正點得很。」我說。

「嗯哼。」

「知道是誰嗎？」

「你真要知道我可以幫忙，每張底片都有號碼。」

「有地址？」

「不一定，有的人希望要拷貝，有的根本不在乎。」

「皇甫先生當然會給他們分送照片。」

「我分送，皇甫的照片之外，其他的都要向我來要。」

「怎麼要法？」我問。

他眨一個眼向我說：「那要看年齡。」

他把手指向一張照片，一個年輕美女故意把上身前傾，把頭側向一側做好姿勢，使她低剪裁的上衣發揮最大的功用。「這個小妞喜歡照相。」他說：「我一看就知道她想打入電視電影圈，她想要可以引她入港的好照片，幾天前我給她照這張相後，她對我說想要幾張真正專家的照片，你要看嗎？」

「當然。」

他打開另外一個抽屜，抽屜大小是設計好八吋乘十吋專家照片的。他選出她的照片——大腿和泳裝。

「是好看得很。」我說。

他猶豫一下，從同一個抽屜選出一個專放八吋乘十吋照片的黃色信封，「你是個好蛋，」他說：「也許我可以給你看看這個。」

我打開信封，裡面有半打不是八乘十，而是五乘七的同一個女人照片，這次她的姿勢我相信是照相師教她的，都沒有穿衣服。

「這寶貝如何？」他問。

「正點。」我說。

「都是差不多的，不亂正點的我絕對沒有興趣。」

他自己退後一些仔細看我手裡的裸照，突然他大笑起來，「賴，」他說：

「知道這個怎麼上手的嗎？」

「教教我看。」

「我自己發明的一套方法，萬試萬靈。」

我站著等他說下去。

「你去過飛機場。」他說：「你見過這機器——投多少硬幣進去，它出來一張保險單，你填上飛機班次寄給你的家屬，這班機有意外的話，你的受益人得到——看你投的硬幣——一萬兩千元到五十萬的理賠。」

「當然見過，又如何？」我問。

「好，」他說：「你新泡上一個妞，不要猴急，她不主動你也不動，帶她出去幾次，讓她摸不清你底，你去機場，花二毛五硬幣，把出來的保險單填上她的名字，下面複寫的一張你寄給小妞。」

「之後呢？」

「一個禮拜不理她。」他說：「一個禮拜之後你打電話找她，她要見你，她好奇心重得很，她要知道為什麼你把她視為保險受益人。」

「你看著她表示不算什麼。你說：『沒什麼啦，我搭飛機出去，我看到自動投保的機器，我在想也許這次會倒楣碰上。』然後你笑笑又說：『反正運氣好，沒碰上。』」

「她當然沒滿意，急著會問你，即使你有靈感要倒楣，為什麼把她看作受益人呢？」

他停下來，我知道他是要點鼓勵。

「怎麼辦？」我問。

「這時候，是緊要關頭，你千萬不可以做過火了，笨到自己套住自己去買訂婚戒指，你應該快快說話，你說她自己也許不瞭解，她有特殊的氣質使別人對她印象深刻，她的一顰一笑，她的一舉一動……等等，就這樣，你突然發現小妞是你的了。

「你知道很多人泡妞一再討好她，說她這裡好那裡也好，對自己瞭解的女人知道你在騙她，看不起你，對自己不瞭解的女人相信了你的話，認為你配不上她。

「泡妞和打獵是一樣的，安排一個陷阱，在合宜的時間一槍即中的。」

「嘿，真是勝讀十年書。」我說：「這方法你自己想出來的？」

「當然，我一再使用過，像我這樣吃得開的人，要到東到西逛逛，要有不同的小妞在身邊，我還可以告訴你一打以上的妙招，假如你有興趣。」

「老天，你真懂得女人。」

「當然，我懂得女人。」他承認道：「但是我不知道為什麼我對你說了那麼多，這樣，你管你看照片，我要安排一下照相的小姐約好時間，我還要做點暗房工作，你可以把這些都拿去外面辦公室看。」

他把我帶去外面坐在辦公桌後面，把一堆照片放桌上。「我回暗房去，有些在定影的要拿出來沖洗，你看完照片可以自由進來沒關係，這裡我再給你一本照相簿，無聊的話可以看一下，都是正點的寶貝，我弄完再來陪你。」

他拿一本紅色的照相簿給我，我謝了他，自己向迴轉椅一靠。等他進了暗房，我輕輕站起來開始探索這間辦公室，我看向玻璃櫃裡一排的照相機，我先選他帶到我們辦公室去的專業有匣相機，是Speed Graphic牌的，我打開它的後蓋，照相機裡空無一物，我又打開兩個方匣照相機，肚裡也沒有東西，我心裡在想我空跑了一趟，看樣子研究這個傢伙只好一一約和他有過約會的女人出去玩才行了。

然後我拿起另一個Speed Graphic方匣相機，是專業用的，上面還裝了廣角鏡頭，重量有異，打開相機背後匣蓋，在裡面：那樽手工雕的玉菩薩，大概四吋高，四周塞滿了棉花，玉菩薩的顏色碧綠透明，額頭上鑲了一粒紅寶石。

我把玉菩薩拿出來放進自己口袋，把所有相機歸位，快步走回桌後，我隨便選了幾張宴會裡人多的照片，翻過來看到背後有他放大前在放大紙背面寫的號碼，我把號碼用張桌上的紙抄下來，拿了紙走進暗房。我說：「這是我要拷貝的號碼。」

他看看號碼單，說道：「沒問題，明天我給你洗，你看中哪個紅簿子裡的？」

「每個都好，你真能幹。」

「今晚哪裡見面？」他問。

「等一下。」我說：「我必須向辦公室報備。」

我撥辦公室的電話說道：「我是賴唐諾，接我秘書好嗎？她在嗎？」

「請等一下。」我們的總機說。

過一下，卜愛茜的聲音說：「什麼事，唐諾。」

我說：「喔，我向辦公室報備一下，我今天要和一位朋友約兩個女朋友出去玩，難得的機會，有沒有什麼特別理由我不能離開公事十二小時嗎？」

卜愛茜的聲音冷得像冰：「我看不出有人會阻止你。」

「等一下！」我叫道：「不要掛斷，去問一下白莎。」

「白莎不在。」她說。

「我等好了。」我說。

電話那一頭猶豫地靜默了一下，然後愛茜把電話慢慢地掛上。

我把空的電話還拿在手裡兩分鐘，對電話說：「哈囉，白莎，我今天晚上突然有點事，我——」

我停下，讓自己臉上現出失望。

過了一陣，我說：「白莎，這次不一樣，我——」

過了一下，我又試：「白莎，這也是公事，真的是，這個人是有辦法的，可以聯絡……聯絡我們的一位客戶，我想要——」

過了幾秒鐘，我失望地說：「好吧，假如你一定要這樣說，好了，好了，不要再叫了，我回來辦這件事好了。」

我生氣地把電話掛斷，對白禮南搖搖頭說：「倒楣，今天泡湯了，我們這種行業就是——」

他的臉上現出失望：「嘿，原來以為今晚一定很好玩。」

「我還想多向你學一點呢，」我說：「你對女人真有一手。」

「不要和我脫線了，我就都會教你。」他說：「我說你是好人嘛。」

我們握手，我離開。

第七章　吹矢槍與玉菩薩

我走進我的辦公室，卜愛茜涼涼地向我點個頭。

我把門關上，說道：「你給我注意了，妹子，下次我要打這種電話進來，你至少要陪我玩一下，不可以把我的愛司王吃了。」

「你什麼意思？」

「你該知道我什麼意思！」我告訴她：「假如我真有約會，我不需要你來批准，我用這個藉口來，你至少要哼哼哈哈陪我談到弄清楚我想什麼，要知道萬一電話是有錄音或偷聽的，像剛才那樣，你把電話掛了，我只好一個人傻瓜一樣，對著空電話猛講，為的是推掉一個我不想參加的約會。」

她的臉色轉霽，她說：「喔，唐諾，我真抱歉，我真的不知道你在想什麼。」

「下次，要對我多點信心，沒弄清楚我想告訴你什麼前不要掛電話。」

我走向我的大衣帽子間，把那支吹矢槍拿出來。

「你能告訴我這是什麼東西嗎？」卜愛茜問：「我進去掛大衣——這是我見到最怪的鬼東西。」

「這是我們下一個月的辦公費呀。」我說：「白莎在嗎？」

「在。」

「單獨一個人？」

「我想是的，要打電話試試？」

「算了。」我告訴她：「我自己過去。」

我拿了吹矢槍，走進白莎的辦公室。

白莎手拿了錄音機在錄音，以便秘書給她打字，聲音嘎嘎像鳥啼又有金屬聲。

她厭煩地抬頭看著我，把錄音機關掉，說道：「真豈有此理，我要你的時候鬼影子也不見，難得定下心來錄一封重要的信，就在一半的時候，你……唐諾，這是什麼鬼東西？」

「這，」我說：「是失竊了的吹矢槍。」

我伸手進口袋，拿出玉菩薩，放她面前桌上。

「這，」我說：「是失竊了的玉菩薩，既然皇甫幼田是親自和你接洽的，所以還是該由你來還給他。」

白莎下巴落下來，停留在兩層下巴的肥油上，兩隻小豬眼瞪得圓圓的。「搞什麼飛機？」她問。

我把吹矢槍豎在牆角，用手指背部撣兩下衣袖，撣去一點想像中的灰塵，我說：「抱歉，我會在附近……」

「回來！」白莎大叫道：「給我回來，你這小雜種。」

我停步，驚奇地自肩後望向她。

「還有事呀？」我問。

「還有事，當然有事。你哪裡找到這東西的？」

「當然是從小偷那裡。」

白莎手上鑽戒一亮，指向一張椅子說：「把你的尊屁股放在這張椅子上，好好給白莎說一說這是怎麼回事。」

能把白莎整到這種情況已經不是容易或常見的了，所以我坐下來，心裡好過一些，我慢慢地點起一支菸，白莎的小眼每一秒鐘都在增加一點怒火。

「慢慢來，不要急。」她咬牙切齒地說：「我有的是時間——從現在到下班時間都可以交給你。」

我說：「你站在電梯邊上，看客人進來，看客人出去，這支吹矢槍五呎多長，你再笨也不會看不到一個人拖了這樣長一個東西出去。」

「你說它根本沒有離開這個房子？」

「不是，」我說：「有被拿出去，一定有被拿出去，那屋頂公寓有被仔細搜過，根本再找不到吹矢槍，若非拿出去了，一定是窗外拋出去了。」

「說下去，」白莎說。

「所以，」我告訴她：「只要回想，什麼東西可以把五呎多的吹矢槍，不受人注意，遮掩起來帶出場地，一旦想到了這一點，一切就不困難了。」

「藏在哪裡？」

「藏在旗桿裡，由那俱樂部秘書帶出去了。」

「那麼是他偷的？」

「我不以為然。」

「是他拿出去的呀。」

「沒錯，是他拿出去的。」我說：「但是我想他根本不知道旗桿裡有吹矢槍。」

「為什麼？」

「這是一件設計得很好的工作。」我說：「旗桿裡面空心，大小正好和吹矢槍合適，這是早試過的。」

「你說不是臨時起意的？」

「早就試過，設計好的。」

「真是天知道，」白莎說：「他奶奶的……你說，他們為什麼要設這樣一個圈套？」

我聳聳肩：「不必去研究，他們付我們錢叫我們把這些東西找回來，我們找回來就可以了。」

「玉菩薩怎麼回事？」白莎問。

「更簡單。」我說。

「喔，我懂了。」白莎說：「你看看客人名單，看出哪一個客人偷了玉菩薩，走向他要回來，就結了。」

「事實上，」我說：「比這個還簡單。」

「怎麼說？」

「你知道，」我說：「這次這座電梯是裝備了X光透視設備的，換言之，每一位離開的客人都經過X光全身透視，在另一個地方的專家看著透視屏，滿意他沒有帶走東西才能離開。

「你知，我知，可能連偷走玉菩薩的人也知——但是，X光沒有照到玉菩薩。所以玉菩薩不是經電梯下來的——或者不是正常情況下下來的。」

「什麼叫『不是正當情況下下來的』？」

「我是指這傢伙下來時，X光沒有開。」

「為什麼？」

「因為他不能被X光照，他怕X光，事先一定有個約定，這個人上下不能用X光照，因為他身上都是照相底片。」

「你看，照相師帶了底片和相機進進出出，一經X光，什麼都泡湯了，既然他的底片都清楚地洗出來了，那麼他的照相設備是未經X光的。」

白莎眨著小眼，問我道：「在照相師那裡？」

「應該說是在他照相機裡發現的。」

「你拿回來時他怎麼說？」

「他不知道我拿來了，我也是偷他的。」

「他奶奶的！」白莎說。

我站起來，離開她辦公室。

第八章　白莎的主意

卜愛茜拿了一段剪報給我看，問道：「見到這個嗎？」

這是一個花邊新聞專欄，專門說當前搶眼人物的閒談，用各種遮眼法，假借和暗示，來巴結和爭取讀者，有的根本完全是編者憑空捏造出來的。例如：「某大建築商自己尚還蒙在鼓裡，不知他太太請了兩個月私家偵探跟蹤，已查出他築在市郊山區的金屋……」再不然就是：「大家都不瞭解，本市一位名律師，住在東區那位，為什麼每週三的晚上，他太太有固定牌局的時候，總有那麼多臨時加班工作，和他美麗的女秘書留在辦公室……」

「報上說什麼？」我問愛茜。

她把手指向這一段的最後，只見：「一位非常有錢經常為一個可扣除稅金基金會收集文物，而四處探險航行的人，最近因為離家太多，又太久的關係，據聞他的太太對自己的前途已另有打算了。」

「這和我有關係嗎？」我問。

「應該有吧。」她說。

我正想說什麼的時候，看到柯白莎進入戰爭狀況地站在我辦公室門口，一手拿支吹矢槍，另一手拿個玉菩薩。

「別以為我會拿了這些垃圾在街上走。」她說。

「你要去結帳，不是嗎？」我問。

「你小子講對了。」

「那最好能早點去見你的客戶。」

「見他就是收錢。」白莎說：「我不願這樣去他家，好像是個送貨員似的。」

「唐諾，這件事我仔細想過，你一定要承認，講到財務，白莎比你老練得多……我有個好辦法，你把這些東西送去給他，你告訴他是怎麼找到的，不要說得太容易，像你剛才對我這種說法是不行的。

「穿得像樣一點，告訴他你排除了多少線索，最後結論如何如何，反正是一件花時間，花腦筋的工作。」

「他也許不會高興。」我說。

「管他屁個高不高興，我們開店為的是賺錢過活，他自己把這堆垃圾定為九千元價值，我們沒有損傷地把它找了回來，又不是假的。」

我搖頭說：「不贊成，白莎，我不贊成。」

「什麼意思你不贊成？我是在想辦法賺錢。」

「我也是在談錢呀。」我告訴她：「我們先要合理，假如我們花了一個月時間弄回來的，我們可以裝模作樣做得十分困難，但這件案子我們手到擒來。

「我們從任何方面都不能把它做成一個大案子，尤其假如有人問起我們職業道德，所以——既然它不可能變為大案子——為什麼你不乾脆把它大事化小，讓它變成一個無所謂的事，好像家常便飯，我們每天會解決好幾件這種案子一樣。

「我們給他一張帳單，列一個人，一天的出差費，另外加一點計程車，電話，誤餐的開支，至少這個客戶會對我們非常讚賞，下次皇甫家有什麼事需要私家偵探，我們一定有份的，任何皇甫的朋友有事，皇甫會介紹我們去辦。」

白莎搧著她的眼睛說：「我再想想看，我會仔細想想看，你也許有點道理。」

「我想我是有道理的。」

「好吧，唐諾，你給我把垃圾送回去。」

我說：「你同意只收他合理代價我就把這些東西送回去，而且建立一個良好關係。」

「算數，」白莎說，隨便地把這些東西向我手裡一塞。

「要不要我打一個電話去，說你要去拜訪？」愛茜問我。

我猶豫了一下，笑著說：「不要，我想在給他東西的時候，看看這傢伙的臉色，旗桿這個空洞大小正好，不像是臨時起意的，換句話說一定是預謀有內應的，我要知道皇甫幼田事先知不知情，把我們找去是不是故意擺我們一道的，原因又是為什麼。」

「不要和他弄僵了。」白莎告訴我。

「沒有特別理由，你知道我這個人是不會的。」我說。

「照相的如何？兩件事會不會都是他一個人幹的？」白莎問。

「有此可能，」我告訴她：「但是我另有想法。」

「什麼？」

「有可能照相師根本不知道玉菩薩在相機裡。」

「怎麼會？」

「用棉花包了菩薩塞進相機。」

「又如何？」

我說：「假如有個女生想把玉菩薩偷出來，她知道只有放在相機裡，才不會被發現，她又知道白禮南帶在身邊各相機中有一台最合適，就是Speed Graphic廣角鏡那一台，這台是用玻璃底片，只拍一次團體全景的，拍了一次反正今晚是不再拍了。」

「只要對這照相的認識的人可能都知道這一點，所以利用這相機來作案可能是最理想的。

「女生利用他把玉菩薩帶出現場後，取回來並不困難，那白禮南色瞇瞇得很，也許女生準備和他定個約會，藉故到他辦公室去，像我一樣找個機會把它偷出來。」

「棉花怎麼回事？」白莎問。

「棉花使我不相信這是白禮南自己幹的。」

「為什麼？」白莎問。

「白禮南是照相師，他愛他的照相設備如同己出，那些棉花鬆鬆地塞在相機裡，棉花的纖維會黏在裡面鏡頭的表面上，清理都非常困難，白禮南會用一塊布，或是紙，但絕不會用棉花。」

白莎貪婪的小眼亮起。「唐諾，」她說：「我有個好主意，你告訴他目前你尚不能告訴他哪裡找到這座玉菩薩的，因為你要追究幕後什麼人在主持，這樣我們又可以賺他四五天的工作費用，你自己可以守在照相師的辦公室附近，看看是什麼人在進出。」

「不要，」我說：「這傢伙我要是跟蹤他一個禮拜，我會殺了他。」

「那由我來對付他好了。」白莎說：「至少這是個好藉口，五六天後，我們可以給皇甫一個完整報告，皇甫到底應該開除這個照相師，還是他是冤枉的。」

「你跟蹤他很好，可以學到不少人生。」

「我知道什麼叫人生。」白莎說。

「你可以學到枝節，變化。」

「我早已經過枝節，經過變化，而且已經變種了。」她說：「你快給我滾出去，去看皇甫，告訴他白莎親自出馬去刨照相師的底……也許我們可以叫顏依華去辦這件事，我看她蠻有意思的。」

我搖搖頭說：「白莎，你本末倒置了，我們正經的做法是向皇甫幼田報告一切事實，假如他有興趣，他可以另外指示我們做對付白禮南的工作。」

「和你爭論就好像是和日曆在爭論差不多。」白莎說：「管你怎麼爭，它總是一樣不變的在過日子，你給我快滾出去看他，愛怎麼做，就怎麼做。」

第九章　皇甫先生的冬眠室

大廈門口有守門的櫃檯職員，由於這支該死的吹矢槍，我沒有辦法自由地經過他。

我假如空手神氣活現地進去，至少有機會唬過他讓我過去，但是帶了這麼個黑烏烏的傢伙……

「對不起，先生。」職員說：「一定得通報。」

「賴唐諾。」我說：「來看皇甫先生。」

他把消息用對講機送上去。過了一下，他對我說：「賴先生，皇甫先生目前沒空見你，但是他太太願意在畫室裡接見你，二十層樓，大廈的另一面方向，我請個小弟送你上去。」

「謝了。」我說。

回頭再想一想，誰又能使這位皇甫先生驚訝到讓你看到他臉上變色呢，這傢伙把自己層層保護到太好了，這就是結論。

一個小弟和我一起乘電梯上二十層樓，到了二十層，他非但沒有帶我向上屋頂公寓電梯那房間方向走，反而向相反方向轉入一個走道，按二〇Ａ公寓的門鈴。

皇甫太太來開門，臉帶笑容，充滿親切感。她穿了件畫家的白罩衫，房裡有松節油氣味傳出來。

她看到我帶來的是什麼東西，臉上笑容消失，代之而起的是眼裡的驚奇和激動。

「吹矢槍！」她說。

「吹矢槍，」我說：「我還帶來了……」

「賴先生，請進來坐。」

她向小弟點點頭以示遣回，我進她的畫室。

「這是我的癖好，」她半解釋道：「我在這裡消磨不少時間，我喜歡畫畫，我丈夫，他知道，我有很多時間畫畫。」

她看我一下，又淘氣地說：「人說下雨天打孩子，手閒著還是閒著。」

「所以，你是怕你的手閒著。」我問。

「不是怕。」她說：「而是這樣比較好一點。」她又看向我說：「再說，我兩隻手也從來沒有閑過。進來，到我畫室看看。」

這個公寓顯然在建造時就設計做畫室的，向陽處有磨砂的斜面方格大玻璃窗，窗上有窗簾可以調整光線，有些畫架，架上有畫布。地上有一打以上的畫框，一個全裸的模特兒站在一個畫壇上，我們進去她在做著一個汽車頭上標記的仙女狀。

「喔，我把你忘了。」皇甫菲麗說：「我……我想你不會太怪我吧。」

「只好算了，反正反對也太晚了。」模特兒女郎說。

皇甫菲麗大笑著說：「我敢說反正賴先生也不是沒見過脫光的。」

她走向一張椅子，四處一看說：「你的衣服呢，雪薇？」

「我脫下來後，掛在壁櫥裡了。」

「我給你去拿。」皇甫太太說：「之後再給你們介紹。」

那女郎大笑道：「喔算了，把我介紹給他好了，介紹完了我自己去穿衣服。」

菲麗說：「這位是哈小姐，這位是賴唐諾，他是有件工作在替……他有東西帶來給幼田。」

哈雪薇微笑向我道：「高興見到你，賴先生。」

她文雅地走向壁櫃。

披上一件罩袍，她走回來坐在一張椅子上。

我第一次好意思向她臉上看去，她的臉不陌生，較早在白禮南的一堆照片裡我也見過她的裸照。

突然，我靈機一動。

「你有吹矢槍和——」皇甫太太問。

「吹矢槍。」我堅決地說，使她中斷她的說話。

「喔，我以為你說你有——」

「吹矢槍。」我又笑笑地打斷她的說話。「這件工作的另一任務正在進展中，但是……」我轉向模特兒女郎說：「我想你是一位職業性的模特兒吧，哈小姐？」

她搖搖頭，笑笑。

「事實上，」皇甫太太說：「她是我的一個朋友，除了做我模特兒之外，她是一絲不苟的。不過最近她在考慮進入職業性。她自己私人情況有點改變，所以——」

哈雪薇笑出聲音道：「喔，不能談別人糗事。」

她自己轉向我說：「我先生不太爭氣，他佔盡了我一切便宜，帶了另外一個女人跑掉了。留下我一無所有。菲麗對我太好，假裝是我在幫她忙，事實上她是在救濟我。

「我知道她畫畫，也在出鈔票僱模特兒。我也知道我有這個條件，所以我請她付我公定價格，我來做她模特兒。

「賴先生，這是事實，我從不覺得有什麼不可告人的，反正，我是為生活在做一種正經工作。」

我環視這些已完成的作品，我說：「顯然你們合作很愉快。」

菲麗大笑：「我倒沒注意到你已經看清楚了，她有非常美好的曲線，我要用各種姿態把她畫在畫布上。」

「我注意到了。」我說。

「畫？」

「曲線。」

「我想你是注意到了。」雪薇假正經地說。

「你先生現在沒有空？」我問皇甫太太。

「我先生，」她說：「自己給自己準備了一個冬眠室，是個豈有此理的想法，他有工作要做的時候，自己走進去，把門鎖起來，一旦他進去之後，再也沒有東西，絕對沒有東西會打擾他。賴先生，他太太也見不到他，他朋友也見不到他，任誰都見不到他。

「尤其是當他要寫旅行書的時候，他一坐錄音就是一小時……」

「帶個秘書？」我問。

「不帶，錄好音之後出來再叫秘書打字。」她說：「他冬眠室裡有個小廚房，也有他喜歡，但準備不困難的食品、罐頭或速食的……幼田有長處，他不吃新鮮東西也能保持體態。有的時候，他會在裡面留上二三天。」

「這樣看來，他對吹矢槍能否找回來並沒有太多興趣。」

「當然他有興趣，極有興趣。但是在他從冬眠室出來之前，我們沒辦法通知他。」

「知道他什麼時候會出來嗎？」

她把美麗的肩頭聳一下。

我把吹矢槍向屋角一豎，「暫時放這裡好嗎？」

「可以。賴先生，你是怎麼找到它的？從哪裡找到的？怎麼會那麼快？」

我說：「是個長故事，但是簡單故事。」

哈雪薇在我們兩人間看來看去，最後她問：「吹矢槍失竊過？」

菲麗點點頭。

「還失竊其他東西嗎？」雪薇問。我聽得出聲音中比一般隨便問問更關切一點。

「一座玉菩薩。」皇甫太太說：「和三星期前失蹤的玉菩薩是一對。」

「你說的是我見過綠得十分透明的，雕成涅槃狀，在深思，全神貫注，神情安詳的那一尊？」

「就是那一尊。」菲麗說：「幼田對這尊東西很看重，吵得很厲害。」

「喔，他應該的。老天，為什麼……這是我一生見到最漂亮的雕刻品。我……我曾經說過我要是有個複製品都好的。我曾經問過幼田能不能用石膏複製一份出來——你說那一尊也丟了？」

「丟了。」菲麗說。

「喔，老天。」哈雪薇說。

我笑向皇甫太太道：「你看你先生會不會很想知道我已經替他找到了吹矢槍，值得我們打擾他一下，通知他？」

「我們沒有辦法可以通知他。」

「當然他的冬眠室會有門的。」我說：「我們敲門呀。」

「有兩扇門，都是上鎖的。門與門之間是貯藏室，裡面聽不到敲門的。」

「裡面沒有電話？」

她搖搖頭。「那房間是他特別設計的。我告訴你，完全不可能，除非真正大急事，他又……」

「他又怎樣？」

「他又不在工作，我可能從窗口吸引他的注意。」

我等候著。

她研究地咬著嘴唇，拿起吹矢槍，向我說道：「請你跟我來。」

她離開哈雪薇，哈雪薇坐在椅子上，兩腿交叉著，身上只穿著一件薄罩袍，一條帶子在腰部打個結，罩袍的兩側下襬自帶結以下V字形的分開著向下垂下來。

我跟著皇甫太太進入一個玄關，她打開一個浴室的門，笑向我說：「擠一點擠到窗口來，我們來試試。」

我擠向很窄的浴室窗口，她把磨砂玻璃窗打開，她指向隔著一個採光天井大概二十五呎遠，比我們高出十五呎的一個窗口。我們兩個人因為她側身向外指，擠得那樣近，她的頭髮都能刮到我面頰，窗裡有燈光。

「上面那個窗就是他現在在的地方。」她說：「有時他把窗簾拉上，有時——你看，這次他沒有拉上窗簾——有時他只坐定一個地方，錄音不走動。有時他找靈感就在房裡踱方步，他走過窗口的時候，我們可以用手電筒閃光引起他的注意。」

「你在這裡等一下。」她說著逕自走出浴室。

她沒一下就帶了個五節乾電池的電筒進來。

「假如我們看到他在走來走去，我就來給他信號。」她說：「但是我可不願擔負這是我一個人主意的後果，我們可能被大罵一頓，他在那上面時真的最不願被人打擾。」

「我看得出你丈夫是個個性很強的男人。」我說。

「還用你說。」

她靠近我，說道：「這位置真是不雅，你看我們擠在馬先生和牆壁之間……」

她把她柔軟的身軀蠕動一下，把手圍著我脖子使空間變大一點。「這樣，」她說：「會好一點——」

「假如你先生正好現在看到我們，」我說：「我們會被他大罵二頓了。」

「別傻了，」她說：「兩個人把手伸在浴室窗外談情說愛？」

「你該承認我們擠得很近。」

「當然，我們擠得很近。老天，這是什麼？上衣口袋裡的鋼筆嗎？」

「一支鉛筆。」

「拿出來放別的口袋去。」

我掏出鉛筆，拋入上衣大口袋。

「我沒看見他在走動……」她降低聲調說：「你說過玉菩薩什麼事，是嗎？」

「我說我快要找到玉菩薩了。」

「喔，我以為你說你找到玉菩薩了。」

「我可能沒有說得太清楚。」

「喔，你不必不好意思。是我不好，沒聽清楚……我看我先生可能聚精會神在工作，我想我還是要——試試。」

她把手電筒打開，直接照向那平光玻璃窗口上。

「這窗的右邊還有一個開著的窗，是通什麼房間的？」我問。

「我不是告訴過你通到他冬眠室要經過兩個門嗎。兩個門當中是間小小的貯藏室，這扇窗就通這個貯藏室，貯藏室裡只有兩門一窗，一扇門通他冬眠室，一扇門通公寓，兩扇門他都上鎖的。」

「我們試試那開著的窗看。」我說。

手電筒的強光經過採光天井，透過傍晚微昏的日光，照進開著的窗子，看到房間一角一個架子，上面陳列著半打以上不同的物件。光線不足，不知道是什麼東西。

突然，她把手電筒熄去。「我有點怕。」她說：「走吧，我們算了，他冬眠一出來我就立即告訴他，他會很激動的，賴先生，你能替他找回吹矢槍，你能告訴我，你怎麼找到它的嗎？」

「現在不行。」我說。

「為什麼？」她噘嘴說。

「可能會影響玉菩薩的取回來。」

她把窗關上，使我們和大廈採光井之間隔了一層磨砂玻璃，她扭動一下變成面對著我，身體還是擠在一起。

「唐諾，」她說：「我告訴你件事。」

「什麼？」

「你很好。」

「為什麼？」

「你不亂占人便宜，」她說：「但是我還是要給你點獎勵。」

突然，她重重的給了我一個友誼的吻，把我推開。順手抽出一張衛生紙向我手中一塞，又道：「把唇膏擦擦掉，我不要雪薇知道我……我……也會衝動。」

她大笑，趁我在擦掉唇膏的時候，自己轉向鏡子快速地用小指把唇上的唇膏印整理了一下。

「還好嗎？」她問。

「很好。」我說。順便也自己照了一下鏡子。

她打開浴室門，經玄關進入畫室。說道：「行不通，雪薇，引不起他注意。」

她轉向我，冷冷，無精打彩，有逐客味地說：「看來就這樣了，賴先生，我會讓他知道你把吹矢槍找回來了。」

「而且玉菩薩的下落也知道了。」哈雪薇說。

「而且玉菩薩的下落也知道了。」皇甫菲麗照樣說。

我猶豫了一下。

「好吧，」菲麗高興地說：「休息時間已過，我們開始工作，雪薇。」

雪薇不出聲自椅子上站起，把袍帶鬆開，把罩袍脫下向椅背一搭，光著身子走上畫壇，做出一個職業姿勢。

皇甫太太整整白罩衫，把大拇指伸進調色板的孔裡，選了一支畫筆，自肩後向我說：「賴先生，謝謝你來看我們。」

「沒什麼。」我說。

她把畫筆沾滿了顏料，在畫布上塗著。

「多謝了。」我說。

「沒什麼。」她眼睛沒離開畫布。

「高興見到你，哈小姐。」我說，把手放到門把上，忍不住又加一句：「希望能再見到你。」

她向我笑一笑，我滿意地離開。

第十章　致命的毒箭

早上九點三十分，我打電話到皇甫的公寓。倪茂文經過訓練的好聽聲音出現在電話上：「請問是哪一位？」

「倪先生，我是賴唐諾。」

「喔，是的。賴先生。」

「我找到了失竊的吹矢槍。」

「你什麼呀！」他隔著電話喊叫道。

「把失竊的吹矢槍找回來了，難道皇甫太太沒有告訴你嗎？」

「我還沒有見到皇甫夫人。」

「反正我已經找回來，交給她了。」

他的聲音冷冷地說：「我認為你不該這樣做，這項財產是該交還給皇甫幼田的。」

我不高興他指責我時所用的自以為是味道。

「皇甫把自己關在冬眠室裡，他不出來，裡面沒有電話；其他人都不在家，所以我才交給皇甫太太。那有什麼不對？這不是他們共同財產嗎？是不是？」

「是——我想是的。」

「留給她有什麼不對！現在那玉菩薩在我這裡，該怎麼辦？」

「什麼在你那裡？」

「玉菩薩在我這裡。」我告訴他：「電話有毛病嗎？你聽不清楚嗎？」

「我耳朵是聽到了，但是有點令我不太相信。我——賴先生，這令人不能相信。」

「有什麼不能相信的？」

「兩件東西就這樣找到了。」

「我們受僱就是做這工作的，不是嗎？」

「是，我知道，但是……那麼一點時間。這是絕對，完全的不可能，我告訴皇甫先生他也不會相信的。」

「給他看到玉菩薩他就會相信的。現在，我這個玉菩薩交給誰呢？」

「請你現在馬上帶過來。」

「等一下，」我說：「我最好自己能和皇甫先生本人先談一下。是你說的，把吹矢槍交給皇甫太太不太妥，除非皇甫本人在，否則——」

「他在。」

「可以見面？」

「快了。他叫我九點鐘來的，他要我和他討論一件事，他也叫他秘書來了，要交給他些東西去打字。」

「他現在在嗎？」

「你到這裡的時候，他就在了，快來吧。」

「皇甫太太沒有告訴你吹矢槍的事？」

「沒告訴我，我是第一次聽到。」

「你可以問一下她，東西在她那裡。」

「這件事我們讓皇甫先生來處理好了，賴先生，你什麼時候能到這裡？」

「二十分鐘之內吧。」

「好極，我們等你。」

我開了我們的公司車，來到公寓。

這次我完全不需通報，櫃檯職員當我是貴賓，只差沒有鋪紅地毯了。

「早安，賴先生。」職員滿面笑容說：「你可以自己上去，先生，他們在等你，你知道怎麼上去，他們在二十樓上屋頂公寓的電梯等你。」

「謝了。」我說。

我來到二十層，走進二〇S門。門外看來它和二十層上任何一個公寓門相同，裡面實在只是個大接待室和電梯間，我進來的時候門開著，一塊隱藏的木板打開著，裡面是一個電話，有塊牌子寫著：「請按鈕通話」。

我拿起電話，按鈕。一個男人聲音說：「請問哪一位？」

「我姓賴，請問哪一位？倪先生嗎？」

「不是，賴先生。我是皇甫先生的秘書，我叫童維伯。我馬上把電梯放下來，先生。」

「很好，」我說。

電梯下來，我自己乘電梯上去。

我不知有沒有被X光透視，我想是有的。

我走出電梯，一個垂頭喪氣的高個子，伸出一隻不得志的手，向我說：「我姓童，是秘書。高興見到你，賴先生。」

我輕握了一下他的手問道：「倪先生呢？」

「倪先生在講電話。」

「那麼，皇甫先生呢？」

「皇甫先生馬上會有空。」

「我怎麼辦？坐著等？」

「一下就可以了。我可以確定的……皇甫先生今天要辦一件很重要的事，關照我先來這裡等著見他，不過我知道倪先生認為你的事更重要，皇甫先生會首先接見你。」

童先生用客氣的表情，把我帶到房子中我沒有到過的一間小辦公室。房間裡有一張辦公桌、電動打字機、檔案櫃和四五張相當舒服的椅子。

「請暫時坐一下。」他說：「假如你不介意，我就做我的工作。」

「請便，不要客氣。」

童先生把耳機向頭上一套，把他又長又多骨的手放向打字機。立即像鋼琴家演奏一曲非常快速節調的曲子般開始他的打字工作。

我坐在那裡看他工作，不由人不佩服，字鍵敲在滾筒上的聲音，只有一行字終了，鈴聲一響，才有半拍休止符。這個人打字速度之快，滾筒因他打字自左向右走的速度，大概和電動打字機把滾筒自右退回左邊差不多。

沒有多久，一張打字紙就打滿了字，換上了新紙。

門打開，倪茂文進來，滿臉笑容和親切感。

「嘿，你看是誰，」他大聲說：「我們精力充沛的偵探——你真的打破了破案效率紀錄，你今天早上好。」

他抓住我右手，上下猛搖，左手還拍著我肩頭。

童秘書根本沒理會他的進來，他眼睛固定在打字機上，雙手沒有停止打字。

「你見過童秘書了？」倪問。

「見過了。」

「好，走吧。皇甫先生會高興先見你。」

他帶我走出我們已在的辦公室，進入一個私人辦公室，在私人辦公室裡，他輕敲一個在我看來像是洗手間的門。

沒人應門，他又再敲。

還是沒人應門，倪茂文伸手按了一個隱藏的門鈴，門鈴的位置藏在門框的什麼地方，相信仔細看也不一定看得出來。可能是個電子玩意兒。我見他手伸過去沿了門框用手指一摸，大拇指一翹，門裡鈴聲響起。

倪茂文看看他的手錶，說道：「這倒奇怪了。」

我不吭氣。

一個女人聲音說：「茂文有什麼困難嗎？」

我轉身，看到皇甫太太穿了一件晨袍站在我們後面。晨袍太薄，從開著的門透過來的強光，把她曲線照成一個清楚的陰影，她自己好像一點也沒有注意到。

倪茂文的回答是一本正經的：「沒有任何困難，夫人。」

她此時見到了我，說道：「噢，早安，賴先生……喔，我看我站的位置不太好，有點透明。」

她一面說，一面把晨袍拉一拉使它包得緊一點，事實上對透明度一點幫助也沒有。

「幼田在哪裡？」她問。

「在他自己書房裡，」倪茂文說：「他自己告訴我今天早上九點鐘有工作要做。要我九點前和維伯一起等他。他說他有重要文獻要給出去。」

「他什麼時候告訴你的？」

「昨天下午。」

「我以為他昨天一整天都鎖在書房裡冬眠。」

「他出來過半個鐘頭。我想你大概在畫室裡。」

倪茂文又按鈴，裡面聽得到鈴聲。

「應該什麼地方有個緊急鑰匙的吧。」茂文說：「我認為我們最好進去看一下。萬一有什麼——」

「不行，不行。」皇甫太太喊道：「他絕不會原諒任何人如此做的。他一再說他在裡面的時候，他的獨處權益一定要絕對尊重。」

「但是，萬一他病了呢？」

「他……他不會病到出不來吧。」

「我不知道。」倪茂文說：「有的人好好的，突然一病連椅子上也站不起來……你知道緊急鑰匙在什麼地方嗎？」

「在……在保險箱。但是我絕對不會去碰它的。我想也不會去想它。那玩意兒太——」

「保險箱哪裡？」

「在右手邊最上一個抽屜。」

「你知道號碼？」

「當然。」

「我看我們最好把保險箱打開，用一下這鑰匙。」

她猛搖其頭。

倪茂文一本正經冷冷地說：「也好，皇甫太太，決定權在你，責任也由你負。」他看看錶又說：「現在是十點七分我請求，而皇甫夫人，她——」

「等一下，」她說：「你嘰嘰哇哇什麼。少把責任往別人身上推。」

「那就把鑰匙拿出來。」

她猶豫了一下，說道：「好吧。賴先生，請你做證，現在是十點七分三十秒，這位倪先生迫我，除非我把鑰匙拿出來開這扇門，否則他要我個人負這些責任。」

我站在那裡，什麼話也不說。

倪茂文說：「賴先生，沒關係。凡是我說過的，都由我負責。」

「你等在這裡，」皇甫菲麗說：「我去把鑰匙拿來。」

她退出門口，走了回去。

「一定是出錯了。」倪茂文自說自話地說：「他最喜歡一個人躲到裡面去，不會受到太太的打擾。他太太最會在不合宜的時間，用莫須有的小事情去打擾他，好像中午想吃什麼啦，要不要接某人的電話等等。最壞的是她沒有自己處理事情的能力……我實在不該和你討論這個問題。希望你把這句話算是私人間的秘密，我也實在是太擔心了，才說的。我不知出了什麼事。但是我可以告訴你，皇甫幼田有困難了。我怕是心臟病發作或是中風。那個門鈴只有他太太和我兩個人知道。你倒來找找看，看你找不找得到？」

我走過去側身看門框。什麼也看不出來。

「你看我大拇指。」倪茂文說。

他站在門框前，把手指在門框上從上向下一摸，突然大拇指一翹。

我又聽到門的裡面一陣門鈴聲。

「嗯，」我說：「這次我懂了。」

倪茂文用傲慢的笑臉向我看看，退後一步，用手一擺。「看你能不能找到鈴在哪裡。」他說。

我走向門框，伸手像他一樣摸向門框，同時小心地把左腳腳尖頂住門框在地上的門檻，放的位置正好像他剛在放的地方。

我假裝把大拇指一翹，但同時用力把腳尖踩下。門裡門鈴聲響起。

我站回來。

倪茂文用最奇怪的表情看我。「靈光，」他說：「有你的！」

我什麼也不回答。

門打開，皇甫太太帶了鑰匙進來。她說：「我把鑰匙交給你，茂文，因為你曾經說過——」

茂文沒等她話說完。把鑰匙拿過來，放進匙孔，把門鎖打開。

我們三個人都先後擠過這扇門，三個人都同時停步。這扇門是通到昨天我和皇甫太太一起從浴室看過來，那間有窗戶的小房間的。

皇甫幼田仰躺在地上，雙膝彎曲，壓在大腿後面。像是從吹矢槍出來的吹箭插在他胸前——喉頭向下不太遠的地方。這傢伙顯然死亡已經有不少時候了。

我站在原地，快速地向房間四周環顧。這裡明顯的是個貯藏室，很多沒有門的架子豎在牆上。有的放著各種珍品，旅行狩獵紀念品。其他放著罐頭食品，文具用品，筆記本，等等。

房間後面，近天花板一個木櫃上，另外有一支吹箭，很有力，深深地插在木頭裡。

「糟啦，」倪茂文叫著說。

「你看，你看。」皇甫太太喊道：「一支毒吹箭在喉頭裡。」

「另外還有一支，在木櫃上。」我指向那一支說。

皇甫太太把身子向前要去取那支吹箭。

「不要去動它！」我叫道。

她突然轉向我，高聲激動地說：「怎麼……賴先生，你嚇了我一跳，什麼意思不要去動它？你有什麼資格向我發命令？」

我說：「不要去碰它。這支吹箭是證據。你碰了這裡任何東西都會後悔的。」

「什麼意思？我會後悔？」

我說：「吹箭的角度可以看出來源的方向。你看從這支吹箭尾巴延長下去是直接指向這個窗口的。我相信再延長下去，大概是你畫室的位置。」

她看向我，嘴巴驚愕得張開了闔不起來。

「你跑去把它拔下來，別人會說你是急著掩飾證據，不願被別人看出來吹箭是你從你畫室洗手間吹過來，謀殺親夫使你自己成為有錢寡婦的。現在，我們大家什麼東西都不要碰，退出來。由我來通知警察。」我一口氣把要說的說完。

倪茂文轉向我冷冷地說：「我好像也要同意皇甫夫人了。你管的事太多了，而且太有發號司令的味道了。」

「我當然要管。」我說：「我是一個有照的正式偵探。我知道發生這類事情時的標準作業方法。你們兩位都該出來把門關上。由我來和兇殺組聯絡。」

「假如我們不聽你指揮呢？」倪茂文問。

我說：「凡是你們弄亂的一切現場證據，他們都會認為是故意的。」

他笑笑說：「有效，你吃住我了。這本來是你對付皇甫夫人的手法，用在我身上也有用。皇甫太太，我們聽他的離開這裡，把門鎖上。我看為了對付這條突然把尾巴豎起來呱啦呱啦響不停的響尾蛇，我們應該在警察光臨之前，把鑰匙交他保管。這樣他不會說我們有人移動證物。」

他一面說，一面推著菲麗離開房間。我們離開房間。他把門關上，用鑰匙把房門鎖起。

我伸手把鑰匙取過來，說道：「這樣說才是正途。即使你不能瞭解其重要性……也許你太瞭解了。」

第十一章　警方調查

柯白莎的朋友宓善樓，從洛杉磯總局兇殺組過來，這件案子是由他負責的。

宓善樓對柯白莎在某些地方還是勉強賞識的，尤其是她粗而結實的外表。善樓曾一再真誠地提起，要是她肯去做女牢的監護，真是全國不作第二人想。但是他和我始終未能處好。當我進入白莎的事業裡來的時候，他明白地表示過失望。白莎指出她需要手腳快，腦子快的年輕新血。善樓就是見不得體格矮小的人。他崇拜肌肉。我記得他有一次向白莎說過：「腦子，腦子有屁用，要用大腿走，才到得了目的地。」

宓善樓說：「哈哈，這豈不又是我們小不點的朋友賴唐諾嗎？法學院聰明的叛徒。這一次你又怎麼正好在這裡呢？」

「目前，」我說：「我才完成了報警的工作。警方向我問完了必要的話之後，我要立即回辦公室去——除非，你私人想掏鈔票請我吃中飯。」

「為什麼要我請你吃中飯？」善樓多疑的職業習慣，立即使他向我攻擊道。

我半真假地說道：「找不到兇手的時候怪別人在裡面攪亂。必要時弄一頂兇手的帽子往別人腦袋上套。對我這種罐頭裝好，隨時可以打開來用的替死鬼，不該請他吃頓飯呀？」

「狗娘養的。」他生氣地說：「屍體在哪裡？」

想想不對，這兩句話說得太接近了。他趕緊對他一起來的兩個人加以解釋道：「狗娘養的，是指這個小子。」

「鑰匙在這裡，他在門裡面，你會發現一些有趣的線索。」

「在你去裡面瞎搗一陣之後？」善樓問。

他拿起鑰匙過去開門。

他在門口站相當久，然後指示兩個隨他來的人過來加入他。三個人不聲不響站在門口。

善樓指向插在木櫃上尾巴有羽毛的吹箭，然後指向開著的窗戶，然後又指向隔了一個採光天井斜下方對面畫室的窗口。他說：「看看下面那一個公寓是什麼人家的。」他對兩個助手之一說：「由你現在去辦，找到公寓經理，向他要鑰匙，我要過去看看。」

「沒有那麼困難，」皇甫太太說：「那公寓正好是我個人的。」

「為什麼住在這裡，下面再要一個公寓？」

「那是我的畫室，是我工作的地方。」

「你做什麼工作？」宓善樓警官懷疑地問。

「她畫畫。」我告訴他。

「混在這件事裡多久啦，唐諾？」善樓問我。

「三天之前開始。」

「怎麼會混進來的？」

「他們要開個宴會。皇甫幼田一再不高興有人偷竊他收集的東西。所以他聘請白莎來替他——」

「喔，不錯，不錯。」善樓打斷我的話說：「我記得了，我在報上看到過了。白莎和這些客人處得還好嗎？」

「非常好。」

「老太太自己怎麼樣？」

「過得去，老樣子。」

「了不起的人。」他有點真誠地說。然後好像為了對他的人解釋，他向他帶來兩個中一個說：「這女人說幹就幹，可以挖出你一隻眼來，或是弄斷你一條腿……好了。賴，你負責帶倪先生和皇甫太太去外面隨便哪裡去等。我要帶我的人進去看屍體了……屍體到底怎麼會正好發現的？已經死了不少時候了呀。」

「我才來這裡幾分鐘。」我說：「但是我知道，這一部份是他的私人秘密書房。他不喜歡別人打擾時，把自己關在這裡。這房子裡有個規定，他在裡面的時候，誰也不准打擾他。」

「吃飯怎麼辦？」

「架子上你可以看到罐頭食品。據我知道裡面還有一間小廚房。」

「你進去過？進去多遠？」

「我只到門口。」

「其他的人呢？」

「沒進去多少。我都把他們叫回來了。」

「好吧。」他說：「到外面去休息去，我看一下裡面還要和你們談話。我們自己有個照相師隨時會到，一個法醫，一個指紋專家也會來。派個人去看他們知道不知道怎樣上來法。還有沒有其他路上來——除了這個荒唐透頂的電梯之外？」

「據我知道是沒有了，」我說：「除非你能從屋頂平台的別的地方走過來。」

「好好，走吧，看好這些人，不要讓他們亂動任何有關這件事的證據。我要開始忙了。」

我把他們帶到起居室，坐下休息。

「要不要來點酒？」皇甫菲麗很隨意地問，要招待我們，有如這是一個一般性的集會。

「我看我們還是等一下再說。」我說：「善樓不是一個簡單的人物。他辦公事的時候不可以喝酒，所以聞到我們有酒味他會不高興的……皇甫太太，昨天傍晚我交給你一支吹矢槍，現在在哪裡？」

「怎麼啦？」她說：「還在畫室裡。你想他們要檢查嗎？」

「他們會的。」

「好吧，」她不在意地說：「我去把它拿來。」

「你坐在這裡，」我說：「除非有宓警官陪同，否則不要回畫室去。」

「為什麼？這是我的畫室。」

「當然是你的畫室。但是懷疑是善樓的天責。他會認為你急著去掩滅證據或是拋掉什麼罪證的。」

「你什麼意思『罪證』？」

「我什麼意思也沒有，善樓會向你解釋這些事的。」

我們靜下不說話，童先生辦公室機關槍似的打字聲現在聽來快得扣人心弦，使人緊張。

我對倪茂文說：「最好有人告訴童先生。僱用他的人已經不可能再簽支票給他了。」

倪茂文說：「你去告訴他好了。」

我覺得皇甫菲麗和他之間交換了一個眼神，所以我坐下來，點上一支香菸說道：「再想想也不急在一時，反正等一下他自然會知道的。也許善樓早晚會叫他把這些東西打出來做參考的。」

「我要去弄點咖啡。」菲麗說：「我肚子唱空城計了。」

「我也需要些咖啡。」倪茂文說：「由我來煮咖啡好了。」

「不要，不要。我來煮。」

倪茂文向我笑笑。「假如你不介意，賴，」他說：「我去幫皇甫太太煮咖啡。我們一下就回來。」

我站起來說：「假如你們兩位不介意的話，我去幫你們兩位一起煮咖啡。」

我跟了他們兩個人來到廚房。

皇甫菲麗拿出個用電的煮咖啡壺。「我們實際不在這裡煮任何吃的東西。」她解釋道：「只煮咖啡，偶或做些早餐的蛋和火腿。至於三餐飯，我們不是下面餐廳吃，就是出去吃。宴會的時候當然是外面送來。」

「有沒有乳酪？」倪茂文問。

「我不用乳酪。」

「沒有乳酪和糖，我從來不喝咖啡。」倪茂文說。

她把冰箱打開。他拿出一隻四方形的塑膠盒子，走向一個抽屜，拿出一支湯匙，把方盒裡的乳酪倒一點在湯匙裡，拿到嘴上嚐一下。「酸了。」他說。

「抱歉。」皇甫太太說。

「沒關係，」他告訴她：「我跑一次好了。回來的時候咖啡還不見得滾呢。要不然……在這種情況下我最好不亂跑。他們也許會要什麼東西……賴，你能不能跑一次，大門向左兩個門面有家食品店——」

「我不能，絕對不能去。」我阻止他說下去：「善樓也不會肯讓我去。」

我也從抽屜裡拿出一個湯匙，試一下乳酪說道：「再說乳酪甜甜的，一點也沒酸。」

「我嚐起來酸酸的。」

「你舌頭有問題。」

「這是喝了果汁的關係。」皇甫太太輕鬆地說：「我每次喝完葡萄柚再嚐乳酪都覺得酸酸的。賴先生，你怎麼樣？你對喝咖啡很有興趣嗎？」

「我倒無所謂。」我說：「多煮點絕對錯不了。宓警官是個大大的咖啡客。」

「我看我們沒有理由供應他們酒飯。」茂文說。

「不能供應他們酒，更不能供應他們飯。」我說：「但是供應一點人情之常的咖啡，可以使他們和藹友善一點。善樓喜歡咖啡，但是假如他聞到咖啡的芬芳，而你們不給他一杯的話，他可能會不太合作的。」

倪茂文倔強地說：「他合作不合作和我們無關。」然後他轉向皇甫太太說：「不過，多煮一點總是好的，皇甫太太。」

她打開另一個櫃子，拿出一個大的咖啡壺，說道：「這一個是一加侖的。賴唐諾，我們煮多少？」

「隨你。」我說。

「多放點咖啡，煮它滿滿一壺。」茂文說：「賴也許說對了，這些條子喜歡咖啡。」

皇甫菲麗把咖啡倒進去，裝滿水，插上電。她又打開冰箱，拿出冷凍的橘子汁，用水沖淡，用長的湯匙混和著，抬起眉毛，無聲地向我詢問。

我搖搖頭，倪茂文點點頭。

門打開，宓善樓走進來。「好了，賴。」他說：「該你說話了。」

我說：「這位是皇甫太太，寡婦。」

我看到她聽見我說寡婦的時候，眼睜得大大的。但是她立即控制了自己的表情。

「嗯，我看得出來。」善樓說：「這一位呢？」

「這位是倪茂文。」我說：「經理，公共關係負責人，我相信他是皇甫幼田的左右手。在那房裡打字的是童維伯。他是秘書。我想他還不知道皇甫死了。他不住在這裡。我不知道倪茂文是不是住在這裡。」

「你住這裡嗎？」善樓問倪茂文。

「當然不住這裡。」皇甫太太回答了這個問題。

「好吧，」善樓說：「我們來把事情弄弄清楚……這裡面是咖啡嗎？」

她點點頭。

「好極了。煮好了給我一杯。現在先從你開始，夫人。請問你和皇甫幼田結婚多久了？」

「三年。」

「以前結過婚嗎？」

「一次。」

「離婚還是先生死了？」

「離婚。」

「皇甫呢？」

「他結過兩次婚。」

「最後什麼時候見到他？」

「是……這樣，我昨天整天沒有見到他。我起身的時候，他已經進他的書房去了，他……」

「什麼叫進他的書房去了？」

「就像我說的一樣，他進他書房的時候，他把兩扇門都關了起來。我說的兩扇門，一扇是他書房通貯藏間的；一扇是貯藏間通外面的。」

「他『進他的書房』幹什麼？」

「工作。」

「我注意到裡面有錄音機。」

「是的。」

「但是我沒有找到他昨天任何錄音。」

「一定有的，他昨天在裡面整整一天……當然，有的時候是構思和找敘述的方法。」

「他經常錄音？」

「旅行文獻。他喜歡旅行。他的全部人生是貢獻給旅行的。」

「你喜歡畫畫？」

「是的。」

「樓下那一邊的畫室，你有了多久了？」

「大概六個月。」

「我等一下要下去看一看，你會反對嗎？」

「不反對，我還可以自己帶你去。」

「只要給我鑰匙就可以了。」善樓說：「我喜歡自己看看。」

「還是我帶你去好了。」

「可以，隨你。等一下再去。」

他轉向倪茂文：「對這件事你知道些什麼？」

「我和皇甫先生在工作上很接近。」倪茂文說：「我知道他昨天進書房去，但是他出來了一次，大概是……四點三十，五點吧。他給我些錄音要翻寫出來，叫我通知童秘書今天早上一定要來這裡。也叫我九點一定要來，他要和我討論一些重要事。他打了幾個電話又回書房去，把門都關了起來。」

「知道他打電話給什麼人了嗎？」

「不知道。」

「他秘書早上來了？」

「來了，他在打那些錄音。」

「看樣子工作很熟練，」善樓說。

「非常快，而且正確。」

「有這樣一個人替我打報告就好了。」善樓說：「我用兩隻手指老母雞啄米，用的一直是老爺打字機，對付電動的太重了。」

「那當然。」我說。

「不是對你在講，小不點的。」他說：「現在輪到你。你在這裡幹什麼？」

「我來和皇甫先生討論一件事。」

「什麼事？」

「他僱用我的一件事。」

「一個玉菩薩失竊了。」倪茂文說：「賴先生在電話上告訴我他找回來了。」

善樓抬起眉毛看看我。我點點頭。

「在哪裡？」善樓問。

「在我要的時候就拿得到的地方。」

「從哪裡找回來的？從什麼人手裡？」

「那不一定有關係。」我說。然後，我看到了他的眼神。我向他做個鬼臉。

「很好，小不點，很好。」他說：「我們等一下再談菩薩的事。」

「還有一支吹矢槍一起偷掉的。」倪茂文說。

善樓突然之間坐直，好像椅子鑽出根刺來：「吹矢槍，嗯？」

「是的。」

「就是那玩意兒殺了他，是嗎？」

「好像是的。」

「好，吹矢槍怎麼回事？」

「賴先生昨天找回來了，至少我認為如此。」

善樓看向我：「真有意思。」

倪茂文繼續說：「我聽到他告訴我，他把吹矢槍交還皇甫夫人了。」

「嗯，更有意思了。」善樓瞇起眼睛，從我臉上轉向皇甫菲麗臉上。「在你那裡嗎？」他問。

「在我畫室裡。」

「你說下面那畫室裡？」善樓指指大概的方向問。

她點點頭。

「拿到下面去幹什麼？」

「賴先生昨天來見我……我先生，那時候樓上沒有人，我關照櫃檯有人來的時候可以在畫室找到我。電話上來，賴先生說他找到了吹矢槍——我相信他想要上來，他是先要見皇甫先生，而後他告訴我他找到了吹矢槍，詳細情況我也記不清了。」

「了不起，」善樓十分關切地說：「他有沒有帶吹矢槍上來呢？」

「有。」

「帶上來了怎麼辦？」

「交還給我了。」

善樓抓抓頭說：「夫人，我想問你一個問題，我希望你別介意，別生氣。我並沒有暗示什麼，我只是問問題。在下面你那畫室裡，有一扇窗，長長扁扁不太大好像是浴室的窗子，這扇窗直直斜對著你丈夫書室、貯藏室的窗。」

「沒錯。」

「現在。」善樓說下去：「我要你仔細想想再回答我這個問題，我要你以後不要改變這問題的答案。我要事實，我現在要你聽好這問題。問題是這樣的。在你拿到吹矢槍之後，你有沒有打開過這扇窗？」

「當然，我有，為什麼？」她說。

「喔，你有？」

「當然，賴先生和我一起打開的那扇窗。」

「喔——喔——喔。」善樓說，一面又看向我：「你們一起打開窗子幹什麼？」

「她想引起她丈夫的注意力。」我說：「她有一支手電筒，所以——」

「小不點！不是在問你。」善樓說：「我在問皇甫太太。夫人，你說，你們為什麼打開那窗子？」

「我想要吸引我先生的注意力，我要他到窗口來。」

「你用什麼方法？」

「用支手電筒。」

「是白天還是晚上？」

「白天，但是……是傍晚了。」

「手電筒照得過去？」

「是支大的手電筒。」我說：「一支大的五節手電筒。」

「小不點，我叫你不要插嘴。」善樓對我說：「我——嗯——你說什麼？」

「一支大的五節乾電池手電筒。」我說。

「喔，」善樓說：「皇甫太太，你放一支大的五節電池手電筒在下面做什麼？」

「我放一支大的手電筒在下面，為的就是有時我要吸引我先生的注意力。我可以把光圈打進貯藏室牆上，或是他書室窗上。假如他願意，他可以開窗向我，我可以大喊把我要知道的事告訴他。」

「所以你有一支強有力的手電筒，目的只為這一件事。」

「是的。」

一位警官進來。善樓說：「狄警官。」像個解釋，根本不是介紹。

「能把鑰匙給我，讓我自己去看看嗎？」善樓問皇甫菲麗。

我說：「我也覺得讓皇甫太太陪你一起下去好一點。」

善樓看向我，不高興地說：「什麼使你認為你的話值起兩毛錢來了，小不點？是我們在調查命案，我這個蠢腦袋不喜歡別人另有意見。」

我看向他說：「假如你一個人下去，你發現什麼證物。你貼個標籤在上面，把它帶進法庭要作為物證。有這麼一位聰明律師問你：『怎麼證明不是你故意栽的贓呢？』你怎麼說？」

「喔，現在要你來教我怎麼做我的工作了？」善樓說。

「是的，可以這樣講。」

善樓想一想我講的話，說道：「你儘管得你的意，目前我還不到整你的時候。我自會把狄警官帶下去，這樣你總滿意了吧，既然你提起了聰明律師可能會對我在這裡一切行動吹毛求疵。我想我們還是一切照規矩來。我們先一起去那辦公室，告訴那秘書他老闆發生什麼了。然後我要留一個人下來看守你們，免得你們亂逛到不太合適的地方去。」

「我想聰明的賴先生對我這樣處置，不會有什麼反對。假如皇甫太太沒別的意思，我希望你能把畫室的鑰匙給我……」

「你不一定要給他的，皇甫太太，」我告訴她說：「假如他想搜索你的地方，你有權向他要──」

狄警官身材那麼大，但是行動倒蠻快的。他一把從後面抓住我的頸子，用一隻手，把中指和拇指各按在我耳垂下面一點點，我張開了嘴說不出話來。這是警察用的老辦法，在電影裡也常看到的。

「你再嘰嘰嘎嘎亂講話，我就給你教訓。」他說。

我不管講話的時候要多用力，有多痛苦，我說：「你要不把手拿開，我就給你教訓。」

狄警官加重手上對我的壓力，使我眼睛發生複視。

善樓作壁上觀，隨便而不在意地說：「警官，我看你有點過火了。」

狄警官把手拿開，驚奇地看著他說：「你能容忍他講那種話，不警告他一下他會全部說出來的。」

「千萬別小看了這位腳色。」善樓謹慎地說：「這傢伙有頭腦。現在，為了求證起見，賴，你有沒有受僱於皇甫太太？」

我被他捏得頭昏腦脹，一時開不了口來。「他現在開始受僱於我了。」皇甫太太說。

「受僱於你做什麼？」善樓問。

「找出來什麼人殺了我先生。」

善樓的眼睛瞇下來：「這可是件大事情呀。」

「就算是件大事情。」她說：「我願意和你們合作，但是我也想知道是什麼人殺死了我丈夫。」

「這件事是我們的職責。」善樓說。

「這一點我瞭解，相信賴先生也瞭解這一點，我可以確定你們會有效地破案。現在，假如你要我畫室的鑰匙，我無條件給你。」

她把鑰匙交給善樓。善樓對警官說：「好了，守泰。我們先去把這件事告訴童秘書，然後下去看看畫室。皇甫太太，你要瞭解，假如你要一起來，我們一點也不反對。」

「沒關係，」皇甫太太說：「我沒有什麼好隱藏的，我對你的公正和能力完全信任。雖然，」她向狄警官怒視道：「我大大的不喜歡你的野蠻不人道行為。」

狄警官說：「法律沒有規定警察在調查謀殺案的時候，一個私人狗腿子可以不斷的插嘴攪和。」

「正好相反，」她說：「我認為賴先生是絕對有權這樣做的。他又有禮，尊敬而且合作。而你沒有理由的攻擊，在我看來是欺凌弱小。這是我第一次見到警方的野蠻行為，我很震驚，我不喜歡。」

狄警官站在那裡看著她，滿臉通紅地生氣。

宓善樓歎口氣。「來吧，守泰。」他說：「這裡耽下去沒什麼意思了，我們下去看看那間畫室吧。」

第十二章　畫室的鑰匙

第三位警官把我們像趕牛一樣趕進童維伯在打字的辦公室裡。

警官拍拍童維伯的肩頭，說道：「可以不必那麼辛苦了。」

童秘書奇怪地看看他，問道：「為什麼？」

警官從口袋裡拿出一只皮的證件夾，給他看他的證件。「這裡由我們來接管。」他說。

維伯抬頭看警官，又環視我們三個人，臉上茫茫然不知所措。

「皇甫幼田被謀殺死了。」我解釋道。

警官轉向我。「這裡由我發言。」他說。

「由你發言就發言呀。拖拖拉拉幹什麼？」

「我有我做事的方法。」

我什麼也不說。

維伯站起來，惶惑得有如我們潑了他一盆冷水。他問：「怎麼說？」

我讓警官主持這裡的局面，他說：「你老闆已經被謀殺了。現在，你是在幹什麼？」

「我在把一些他送出來的錄音帶打字打出來。」

「好吧，現在可以休息一下了。」警官說：「至少等宓警官回來再說，他負責這裡的一切。我們請你把這些都打字出來，然後我們又要原來的錄音帶來對照……上面是講什麼？」

「一些婆羅洲探險的記述。」

「好極了，裡面也許有些線索，你是什麼時間拿到錄音帶的？」

「今天早晨。」

「誰交給你的？」

「倪先生。」

警官轉向倪茂文：「你哪裡來的？」

「皇甫先生昨天下午從他書房出來時交給我的，他叫我和童秘書聯絡，叫他今天一定要打字打出來。」

「之後呢？」

「之後他回他書房去了。」

警官說：「好吧，你們所有人坐在這裡。不要亂動，也別亂猜測。」

他自己走出去，隔了門看其他人在忙於拍照和收集指紋，不時有閃光燈在室內亮著。

皇甫菲麗搖曳向我走來，把手放我臂上。她說：「賴先生，我要你保護我。」

「保護什麼？」我問。

「謀殺罪的錯誤指控。」

倪茂文走出去站在警官身後看向房裡，希望見到裡面在做些什麼。童秘書用手指理理頭髮，好像要提醒自己這是真的，不是做夢。

我說：「皇甫太太，請私家偵探是要花錢的。」

「我有錢。」

「你認為他們會弄出一個對付你的案子嗎？」

「是的。」

「為什麼？」

「我被別人陷害了。」

「你怎麼知道？」

「我現在把事情一件件湊起來了，我有點知道了。」

「誰要陷害你？」

「那是你的工作。」她說：「我有錢請你，我只要準備好錢就可以了。你要提供腦子、能力、經驗和體力。」

「找一個律師。」我告訴她：「我們和律師一起保護你。」

「我不要律師。為某種原因，我還不能請律師。」

「為什麼？」

「這樣會使我看起來像是有罪的。」

警官回頭看見倪茂文在他身後踮了腳東張西望，說道：「嗨，回房去，坐在那裡。」

「看看有什麼關係？」倪茂文說。

警官向他肩上一推，「不行就是不行。」他說：「你回房去。」

我把皇甫菲麗拉至一旁。「你為什麼不能請個律師？」我用低聲問道。

她搖搖她的頭。

「告訴我，」我在她耳邊說：「要我幫忙，我必須知道我會碰到什麼困難。」

「說來話長。」她說：「我結婚不久就知道，照我丈夫的看法，結婚和他在外面混並沒有太大關係……我好看，我熱情，所以娶回來……但是，其他的……我想你知道，賴。」

「好，我知道，又如何？」

「我身材很好，人也漂亮……但是幼田是老式的大男人主義，他認為他可以在外面隨便玩，但是我……看都不能看人一眼……最近三個月我們的婚姻生活簡直見不得人。」

「為什麼你不要求離婚？」

「一支長鞭，鞭的把手在他手中。唐諾，你懂嗎？鞭把在他手中。」

「遺囑如何？」我問：「他死了，你有好處嗎？」

她搖搖頭。

「沒有份？還是不知道？」

「我不知道，但是幼田說過，要是我要打官司請求離婚，他會使我敗訴，使我沒有贍養費，使我在他死後一毛錢也沒有……其實，除了他這個大男人主義……他也不是壞人──」

門打開，宓善樓和狄警官進來。

「好了各位，」善樓說：「有些問題要請你們回答一下。皇甫太太，我就從你開始好了。」

她轉向他。

「見過這些東西嗎？」

善樓給她看一個塑膠盤，裡面有三支吹箭。

「我……我見過——」

我用我眼睛和眉毛向她暗示一下。

「我見過和這個很像的吹箭，」她說：「但是我不能區別，你手上的就是我看到的。」

善樓多疑地向我看看，說道：「你坐到那面椅子上去，賴。等一下會輪到你的，目前我在和皇甫太太說話。」

狄警官向前。「太太，這邊來。」他說。

菲麗跟善樓和狄警官走開幾步。

「你仔細看一下這些吹箭。」善樓說。

她仔細看這些吹箭。

「怎麼樣？」

「我能告訴你的都說了。」她無助地說：「這些像是我見過的我先生的收集品。但是它們沒有記號，我分不出是不是。」

「我們換一個方法。」善樓說：「這個塑膠盤如何？」

「我見過一個和它一樣的。」她說。

「什麼地方？」

「在我畫室裡，我有好幾個相似的在畫室裡，我用來放畫筆的。」

「好，」善樓說：「我們言歸正傳。你昨天下午在你畫室裡？」

「是的。」

「你幾點鐘過去的？」

「我不知道正確的時間。我想是……喔，大概，也許下午三點半吧。」

「你去的時候是單獨一個人？」

「是的，我去的時候是單獨一個人，但是裡面有人等我。」

「誰？」宓警官問。

「我的模特兒。」

「是誰？」

「哈雪薇。」

「她怎麼進去的？」

「她有鑰匙。」

「她有你畫室的額外鑰匙？」

「是的。我不時要請模特兒作畫，我不能因為我遲到讓模特兒在大廳裡坐著等。我請模特兒時就給她鑰匙，畫完了畫決定不要這個模特兒的時候，就把鑰匙取回來。」

「所以哈雪薇有鑰匙？」

「是的。」

「你昨天進畫室時她已經在裡面了嗎？」

「是的。」

「你不知道她已經在裡面多久了，是嗎？」

「她說她來了只一下子，沒有多久。」

「但是你不知道多久？」

「不知道。」

「現在，我們來看看你。」善樓轉向我說：「你昨天下午也在畫室裡是嗎？」

「是的。」

「什麼時候？」

「四點三十分之後不久……正確地說大概是四點四十分吧。」

「在那裡耽了多久？」

「十五，二十分鐘。」

「你能說是四點四十五分或是五點離開的嗎？」

我說：「你就算它五點十五分就絕對不會錯的了。」

「皇甫幼田最後是什麼時候有人看他還活著的？」善樓問。

倪茂文說：「我知道大概四點到五點半之前他還是活著的。」

「你怎麼知道那個時間他還是活著的呢？」

「因為我見到他了，這就是他交給我秘書今天在打字的錄音帶的時候。」

「在哪裡見到他？」

「就在那辦公室裡。」

「通貯藏室的門，開著還是關著？」

「開著的。」

「貯藏室通他書房的門呢？」

茂文閉上嘴巴，想了一下，搖搖頭說：「我不願意說，因為我不能確定。我想……不行，我不能猜呀。」

「皇甫幼田是什麼時候回進書房去的？」

「我不知道，是在我離開之前不久。」

「你是幾點離開的呢？」

「我五點四十五分有一個約會。我真抱歉，時間上我再也沒辦法扣得近一點了。但是我五點四十分離開這裡，因為我對約會是很守時的。」

「約會地點在哪裡？」

「就在樓下。」

「和什麼人約會？」

倪茂文把嘴巴緊閉。他說：「和什麼人約會？」

「是的，問你是和什麼人約會。」善樓說：「你說五點四十五分在樓下和一個人有約會，我問你是和什麼人約會？」

「和一個年輕女人。」

「好吧，這附近有五十萬年輕女人在晃來晃去。她叫什麼名字呢？」

「她是個報館記者。」

「叫什麼名字？」

倪茂文深深吸口氣，說道：「我想你尚未明白後來發生的事。我約好的是個女人，但是她沒有來，最後我和一個男人談了一會。」

「哪個男人？」

「史佳谷，他是日電日報的體育特約記者。」

「那麼，剛才為什麼想說又不說呢？」

「因為我……我要絕對的誠懇。我根本沒有想見史先生，但史先生恰在樓下大廳等著我。他告訴我，我想見的女記者請他來代寫我本來約好給她的故事。」

「你怎麼辦？」

「我和史先生一起出去。我和他一直在一起，直到……我想是十點半吧，而後他走了。」

「從五點四十五分到十點半，你都和他在一起？」

「當然。」

「十點半之後呢？」

「我回家了。」

「直接回家？」

「沒有，不是直接回家。」

「你蠻小心的，這一點先保留好了。」

倪茂文聳聳肩。

善樓轉向童秘書。「你怎麼樣？你昨天在哪裡？」

「我昨天不太舒服，我一個下午及晚上哪裡也沒有去。」

「耽在哪裡？做什麼？」

「耽在自己公寓，看點書。」

「一個人在公寓裡？沒有別人嗎？」

「沒有。」

「這裡昨天下午還有什麼人在？」

「白禮南。」倪茂文說。

「他是什麼人？」

「他是照相師，負責所有皇甫先生冒險旅行時照相的。」

「我哪裡可以找到他？」

「他有個辦公室，暗房，在一幢鱉腳大樓裡。」

「什麼路？」

「東樂士路九十二號——樂士路是一條很短的路，只有兩條街口長，我們從

——」

「我知道在哪裡。」善樓說：「他在這裡做什麼？」

「他來這裡和皇甫先生討論一些照片的問題。」

「什麼照片？」

「我認為，」倪茂文說：「這件事你最好自己去問白禮南。據我知道，賴先生曾向他要一些照片的拷貝。白禮南想請示一下可不可以和賴先生合作。」

「你是指在這裡的賴唐諾？」

倪茂文點點頭。

「他要這些照片拷貝做什麼？」

「我認為他是想找線索，看看什麼人偷走了吹矢槍和玉菩薩，這個你可以自己問賴先生，我知道的是白禮南告訴我的二手消息。」

善樓看向我道：「你跑東跑西忙得很。」

我不開口。

「皇甫先生怎樣對白禮南說？」善樓問倪茂文。

「我只聽見白禮南問皇甫先生要不要把拷貝給賴先生？」

「皇甫先生怎麼說？」

「皇甫先生大笑，告訴他別那麼愚蠢，賴先生是他請來的偵探，一切都要合作和他配合。」

「還有別的嗎？」

「是的。白先生要知道到底賴先生是請來做什麼的。皇甫先生解釋給他聽，賴先生是受聘來找出什麼人偷竊了宴會當晚失竊的吹矢槍和玉菩薩的。」

「還說了些什麼？」

「白禮南非常不高興，他抓住皇甫先生上衣的領子，他說：『你給說明白，皇甫先生，你是不是在懷疑我？假如你懷疑我，叫人來調查我，我要知道。』」

「之後呢？」善樓問。

「皇甫先生不喜歡有人碰他，他用手放在白禮南前心，用力一推。」

「很重？」善樓問。

「相當重。」

「他說什麼？」

「他說：『你渾蛋！還敢抓我衣服！別再向我拉拉扯扯亂吼叫。你知道，我討厭別人碰我。』」

「之後呢？」

「之後他轉向我，再一次提醒我一定要第二天一早把童秘書找來，開始打這些錄音帶……他就當白禮南是不存在的一樣。」

「白禮南怎麼辦？」

「他……他到別的房間去了。」

「看起來怎麼樣？沮喪？生氣？」

「又生氣，又沮喪，我認為。說不出來，對白禮南我始終未能太瞭解。他很情緒化，我不知道他心裡想什麼。」

「但是他比你先離開這裡，是嗎？」

「沒有，他去童秘書房間。我走的時候他還在裡面——但是皇甫先生已經回書房，把房門關起來了。」

「你是五點四十五分離開的？」

「這個之前不久，五點四十五分我已到了樓下大廳，也許還要早一二分鐘。不過皇甫先生在這之前已經進入書房了，請你再容我解釋一下。我知道我大概什麼時間來，什麼時間離開，我在這裡總共時間是一小時，但是我沒有能夠在時間因素上幫你太多忙，我這一小時做了很多事，在等皇甫先生的時候又打了很多電話，我不能分開幾點幾分做了什麼事了，但是反正總是在四點到五點半之間。」

善樓轉向皇甫太太，「你在畫室裡留了多久？」他問：「我們假設唐諾是五點離開的，他離開多久後你才離開？」

「也許再一個小時。」

「然後你離開畫室？」

「是的。」

「模特兒和你一起？」

「是的。」

「之後你去哪裡了？」

「我上來到這裡來了。」

「在這裡吃的晚飯？」

「是的。」

「還有誰在這裡？」

「沒有人。只有我一個人……我先生雖然在這裡，但是他是關在他自己天地裡的。沒有人打擾他，他也不打擾任何人。」

「不過這些門都是有鑰匙的，你要進去的話，是可以開進去的是嗎？」

「是的，今天早上我就打開這扇門了。」

「你知道有這備用鑰匙的，是嗎？」

「當然。」

「你知道放哪裡的，是嗎？」

「是的。」

「放哪裡？」

「保險箱裡。」

「保險箱密碼哪些人知道？」

「我丈夫和我。」

「還有什麼人知道？」

「據我所知是沒有別人了。」

「剛才說的時間你一個人在這裡？」

「是的。」

「你丈夫沒有打開門出來？」

「沒有。」

「你在這裡多久？」

「整個晚上。」

「做些什麼？」

「看了一下電視，看了一會書，就上床了。」

「你和你先生用同一個寢室嗎？」

「是的，一個房間，兩張一樣的床。」

「不是一張床？」

「不是。」

「這兩張床，今天早上都鋪過了嗎？」

「當然。」

「什麼人鋪的？」

「白天我們有個女傭人。」

「昨晚上你沒有客人來訪？」

「沒有。」

「始終一個人？」

「是的。」

善樓想一想又說：「好吧，我想我們要和這個白禮南談談……我想他大概不會正好是你的模特兒吧？」

「不是，當然不是。」

「你也認識他？」

「當然。」

「他也替你拍照？」

「當然，幾百次。」

「但是，他沒有你下面畫室的鑰匙吧，有沒有？」

她想要回答，自動停了下來。

善樓一下看出變化，追上去問，「他有支鑰匙？」

「他目前有一支我畫室的鑰匙，是的。」

「昨天他有沒有？」

「有。」

「做什麼用？」

「我要他替我畫的幾張畫照相。」

「幹什麼？」

「你總不能整天把那麼大的畫帶來帶去。」她說：「我要他把我的作品變成四乘五的彩色照，當我自己要看，或是給別人看我的作品時，不必到畫室去把畫框一個一個找。我可以看我的彩色相片，或是幻燈片。」

「他照過多少張了？」

「我畫了大概兩打畫，他已經全照好相了，這些不是一次照的，是一段時間之內的作品，有兩張新作品還沒有照相，我要他有空照出來。我……我想他也許昨天會去照，我對他說是最好昨天的。」

「什麼時間？」

「我沒有規定他時間，是在宴會那天晚上，我把鑰匙交給他，叫他有空就自己去替這些畫拍照。不過我告訴他，一定要先打電話看我有沒有在工作，假如我在工作，我不喜歡有人來打擾。」

「你把你要他拍照的畫形容給他聽了？」

「是的，都在畫架上。」

「你不知道到底他去過沒有，是嗎？」

「不知道。」

「好了，我們總算有了個大概了。」善樓說：「剛才不過是初步的調查，我們還會更詳細的請教各位的。」

童秘書清清喉嚨，說道：「假如你在清查夫人畫室到底有多少額外的鑰匙，我抽屜裡還有幾支。」

「你有什麼？」

「幾支額外的鑰匙。」

皇甫太太急著解釋道：「有的時候我請了模特兒，假如事先沒有機會把鑰匙給模特兒，或是有事不能自己去開門，我打電話給童秘書，由他把鑰匙給她。」

「到底你有幾支額外的鑰匙？」

「兩支。」

「在哪裡？」

「辦公桌抽屜裡。」

「我看一下。」善樓說。

童秘書走向他辦公桌旁，說道：「我把它們放在郵票盒裡。」

他打開抽屜，打開盒子，而後呆楞在那裡。

「我只看到一支鑰匙呀！」善樓說。

「是的。」童秘書承認道。

「應該有兩支的嗎？」

「上次我看到的時候是兩支沒錯。」

「是什麼時候？」

「前天。」
「應該有兩支？」
「應該。」
「應該什麼？」
「應該有兩支。」
「抽屜上鎖不上鎖？」
「從來不。」
「喔！掉了一支鑰匙，是嗎？」善樓說：「你能確定兩天前兩支鑰匙都在嗎？」
「是的，先生。」
「你，沒有把一支交給別人嗎？」
「沒有，先生。」
「好吧，」善樓說：「今天這件案子，沒有問題是有人從對面那個畫室公寓裡，射了一支吹箭進了他的胸口，吹箭是從浴室窗口射出來的。」
他轉向狄警官，說道：「去多弄些人來，凡是有窗開向採光天井的人家，一家家去問問，看有沒有人看到一支吹矢槍從畫室窗口戳出在外。萬一有的話，問他們詳細看到的時間，還有是男人還是女人，會不會正好看到怎樣一個人在用吹矢槍。

「目前可以了，我不願意耽誤各位寶貴的時間了。我要你們大家不要故意走進那房間，我們會有人看守，你們要合作，我們會有各種檢查專家來來往往，報館、電視記者可能馬上會來，你們的日常工作我們不干涉，你們對記者如何發言我們也不管你們。」

童祕書說：「我也可以把掉了一支鑰匙的事告訴他們？」

「你高興怎樣說，你就怎樣說。」善樓說：「現在你們去做你們的事，我還有很多事要做呢。」

第十三章　心理戰術

我走進我們的「柯賴二氏私家偵探社」。白禮南自檔案櫃後面一張椅子上跳起來，看起來他是在和顏依華講話，顏依華有點臉紅，她輕輕含蓄地一笑，有點回答我曾對她不錯的意思。

白禮南大步自一角走向我。

「哈囉，禮南。」我說。

「你什麼意思！」他向我怒言道：「憑什麼把我和皇甫幼田的事硬湊在一起？」

「我把你和他湊在一起？」

「你自己有數！皇甫一聘僱你替他找回失竊的東西，你立即狗顛屁股一下到我的辦公室，看起來好像我是那個賊，皇甫會這樣想，倪茂文會這樣想。你知道，我應該一拳打你鼻子上，教訓你一頓。」

我把菸盒拿出來，打開，伸向他。「來支菸？」我問。

「去你的，」他說。

我自己拿了一支，放進嘴裡，點支火柴，說道：「我開始工作，先看照片或是先看人會有差別嗎？」

我看到顏依華慢慢在接近我們，兩眼看著白禮南，眼中充滿了某種女孩欣賞正在自吹自擂男人的神色。

「你知道嗎？」他說：「你使我在所有朋友前面失去了面子，你增加我那麼許多困擾，我真想把你拖出去——」

我說：「你根本還不知道目前困擾有多大呢。」

他輕蔑地對我說：「你還敢向我找麻煩？」

「不是我，」我說：「別人。」

「什麼人？」他問。看到顏依華從角落上出來，他把下巴向前一伸，胸部挺出一吋。

「警察。」我告訴他。

他一時理會不過來，隨後胸部像一隻放了氣的輪胎，慢慢扁了下來。「警察和這件事有什麼關係？」他問。

「不少事有關。」我說：「他們現在正在找你。」

「為什麼？」

「他們要詢問你。」

「他們要詢問我什麼？」

我說：「要問你知不知道在宴會那一天，皇甫先生失竊了一支吹矢槍和一尊玉菩薩。」

「當然，我知道。」

「和你沒什麼關係嗎？」

「該有關係嗎？」

「你知道有支吹矢槍不見了？」

「那還用說？這根本不是秘密，皇甫把這件事叫得恨天下有人不知道。昨天下午他還告訴我，他請你給他找這些東西回來，他問我為什麼你到我辦公室亂晃，是不是我知道什麼沒有向他提起？」

「我把吹矢槍弄回來了。」我說。

「又如何？何必告訴我？」

「我以為你也許有興趣。」

「沒有興趣，我對你和你在做的事都沒有興趣，只要你不再去我的地方就可以了。」

「警察還有些問題要問你。」

「由他們來問，我自然會回答他們。」

「警察想知道你在皇甫菲麗畫室裡做什麼？」

他口氣仍很大，但是胸部已經扁了很多了，「你什麼意思？皇甫菲麗的畫室？」

「你不是有一支鑰匙嗎？」

他沒有回答我這個問題。

我問：「昨天你有一段時間在畫室裡？」

「我不必向你報告我做些什麼。」

「完全正確，」我告訴他：「你不必，其實我也不要求你回答，我不過告訴你警察會問你什麼問題，你當然要回答他們。」

「我在畫室裡有工作做。」

「當然，當然。」我說：「你有這畫室公寓的鑰匙，皇甫幼田也是從畫室公寓被人謀殺的。」

他退後一步，瞪大眼睛。「什麼？」他說。

「被謀殺。」

「你在說什麼？」

我說：「在被謀殺之前不久，你和他見過一面，你抓住他上裝的領子，他用手掌把你猛力一推，推過了半個辦公室。他在怪你自來熟，對他和他太太都自以為熟的過份親密了一點……警察對這件事之後你的行動十分有興趣，因為這件事後沒多久皇甫幼田就被謀殺了……目前，假如你不介意，我還有許多工作要做，我要失陪了。」

我讓他一個人站在那裡，自顧走向我的私人辦公室，我推開門的時候趁機瞥他一眼，他停在那裡滿臉愁容。

顏依華在注視他，現在已經沒有雌鹿看兩隻雄鹿互鬥的味道了。

我把手留在門把上，把門打開一半，看看有什麼事會發生。

顏依華轉身離開白禮南，直接走向檔案櫃，開始做她的工作。

我走進辦公室，向愛茜打個招呼，走向辦公桌，自己坐下。

卜愛茜說：「白莎把頭都叫掉了。」

「讓她去叫，馬上會有電話，接線生會說有個白禮南要見我。你對她說，叫他坐一下等著。」

「心理戰術？」

「是的，先把他冷一冷。」

「白莎怎麼辦？」

我看一下手錶，說道：「好，撥個電話過去。」

「她要你一到立即去看她。」

「給她個電話。」

愛茜撥通柯白莎向我點點頭，我把桌上電話拿起說：「哈囉白莎，我回來了。」

「回來，」她向我大叫道：「這兩天你去哪裡了，我來辦公室找你，沒有一個鬼知道你去哪裡了，你根本沒有來上班，你像一個公司董事長休假去了，我們是靠工作吃飯的，我們不工作會餓肚子。」

「什麼工作？」

「你過來，我來告訴你。」

「不行，」我說：「有個人在辦公室等我。」

「讓他去等。」白莎說。

「我也正有此意。」我告訴她，把電話掛上。

我才把電話掛上，電話鈴響，接待員說：「白先生白禮南要見你。」

「讓他等，我正忙著。」

我向椅後一靠，把兩隻腳向桌上一蹺，對著天花板吹煙圈。不到五秒鐘，辦公室門一陣風砰地打開，有如鉸鏈也給人推掉了，柯白莎大步邁著進來。

「你聽我講！」白莎滿臉嚴肅和暴怒地說：「我們是上班族，而沒有人知道你在上什麼班，總得有人寫報告，我答應皇甫每天給他一次報告的。」

「那很好。」我說。

「把吹矢槍和玉菩薩送回去的事，辦得怎麼樣了？」

「玉菩薩一直在我這裡。」我說，一面打開辦公室一個抽屜，把玉菩薩拿出放在桌子上。

「吹矢槍呢？」

「現在在警察手裡。」

白莎說：「看來差不多是時間，可以——警察？在警察手裡？」

「你的朋友，宓善樓宓警官。上次見到他的時候，他對這支吹矢槍十分感到有興趣。」

「宓善樓？他又不在竊盜組，他是兇殺組的。」

「是呀。」

「他為什麼要見你？」白莎問。

「調查一件謀殺案。」

「什麼謀殺案？」

「你的僱主。」我說。

「什麼意思？」

「皇甫幼田。」

「你說他被……說他死了？」

「進殯儀館了，沒錯。」

「什麼人殺了他？」

「他們不知道。」

「怎麼死的？」

「死在我們效率太好上，白莎。」我說：「有人用我們找回來的吹矢槍殺死了他，至少這是這件事目前的看法，也是目前善樓的看法。」

白莎把眼皮一搧一搧不停地搧著看我，好像要把我告訴她的資料用眼皮切成一段一段，幫助她腦子來消化一樣。

「什麼時候死的？」白莎問。

「昨天晚上，今天早上發現的屍體。」

「你在忙些什麼？」白莎問。

「謀殺案。」

「替什麼人忙？」

「那寡婦。」

「為什麼？」

「她可能被別人控訴。」

「是她幹的嗎？」

「我不知道。」

「宓善樓怎麼想？」

「他沒有說。」

她說：「我告訴你，賴唐諾，假如宓善樓認為是她殺的人，你強出頭要救這個俏寡婦，就會有大麻煩的。」

「誰會有麻煩？」

「你會有麻煩，我們公司會有麻煩。」

「很多人在給我麻煩。」

「我不喜歡。」

「皇甫太太也不喜歡。」我說。

「費用怎麼算？」

「我還沒有和她談起。」

「那你就該和她談。」白莎說：「把她弄到這裡來，由我來和她談，這就是你的老毛病，賴唐諾，你太信任別人，怎麼說都可以……我告訴過你千遍萬遍，你要開始工作之前，一定要先拿訂金，這個女人照你口氣隨時可能被關起來，一旦判定謀殺親夫就一毛遺產也拿不到，我們還玩什麼？」

「對的。」我說：「所以我們不能讓她被判定謀殺親夫。」

「應該對每件案子先收訂金。」白莎說：「然後沒有什麼怕三怕四了。」

「你向皇甫先生弄了多少錢？」

白莎一本正經地說：「對他這種有身分，一言九鼎的人，你不能——你在想幹什麼？故意糗我？」

「不是，」我說：「是你自己在說，應該對每件案子先收訂金。」

「當然，也看情形而有改變。」

「為什麼有改變？」

「他是個百萬富豪。他說了一定算數。」

「他的話現在一毛不值了。」

白莎倒吸一口冷氣，想說什麼，突然轉身飛快離開我辦公室。

我又等了五分鐘，告訴卜愛茜轉告接待員，我現在可以接見白禮南了。

他進辦公室的時候和才進來的時候已經完全不一樣，所有的火氣和敵意都已經沒有了。

「賴，」他說：「我要知道到底警方對我有了些什麼——」

他突然停下不說話，因為看到了端坐在桌子當中玻璃板上的玉菩薩。

「這……這是什麼？」

「失竊過的玉菩薩。」我不在意地說。

「你……你找回來了？」

「那玩意兒沒有腿，當然不是自己走進來的。」

「你從哪裡找來的？」

「喔，我找回來的。」

「什麼時候？」

「昨天。」

「從哪裡？」

「從它在的人那裡。」

「賴先生，我有要知道的原因。我要知道玉菩薩曾在誰那裡。」

「你是有需要知道的原因。」我說。自己點上另一支菸。

他想要做出尊嚴的態度自椅子中跳起來，想一想，改變主意道：「你這樣說是什麼意思？」

「我在說你，也在說玉菩薩。」

「你又不是從我那邊找到的。」

「是從你的一台照相機裡找到的。用棉花包好了放在一台Speed Graphic相機裡——那台有廣角鏡頭的。」

「你瘋啦？」

「我自己也不知道。」我說：「我的夥伴柯白莎不時和你有相同概念，所以這一點我不和你們爭……但是，玉菩薩倒確是在那台相機裡發現的。」

「我不相信。」

「你不必相信。宓善樓會相信。」

「誰是宓善樓？」

「兇殺組很硬朗的一位警官，也是他會來問你問題。」

「他知道了嗎？」

「知道什麼？」

「你從我……你說你從我的一台相機裡發現這玉菩薩。」

「還沒有。」

「你會這樣告訴他？」

「當然。」

白禮南在椅子中不安地蠕動了一下：「賴，其實我看你良心不壞。」

「謝謝。」

「沒有理由你我不能相處得很好。」

「是沒有。」

「你想這尊玉菩薩怎麼會到我的相機裡去的？」

「我怎麼會知道。我也不想去知道。該由善樓去找原因來。付稅的人付稅的目的在此，他會找出原因來的。」

「你……你認為他找得出原因？」

「我知道他一定會的。」

白禮南顯得有點緊張，把他的椅子連人拉近了我一些。他望向半開著通往卜愛茜的小接待室，低聲地說：「唐諾，我們可以合作合作。」卜愛茜在外間我私人接待室，實際上沒有人等著見我時只有她一個人用的辦公室裡，忙著整理剪報，假裝不注意我們。

我抬一下眉毛。

「我來告訴你，我認為是怎麼會這樣的。」他說。

「說說看。」

「但是我要你替我保密。」

我說：「我是替客戶工作的。我除了保護我客戶之外，什麼人也不保護。我客戶是我唯一要保護的人。」

「但是，你……你可以保護消息來源不曝光的，是嗎？」

我把隻手握拳伸向頭後，打了個大呵欠。我說：「我不需要什麼消息來源。我一切需要的自己會找。哈雪薇去你辦公室發現玉菩薩不見了，有沒有告訴你？」

「雪薇！」他大叫道。

我點點頭。

「不可能……不可能是雪薇呀。」

「為什麼你認為不可能？」

「因為，她……她——」

「她昨天下午到你辦公室來了，是嗎？」

「她在去皇甫那裡當模特兒之前，順便來了一下。」

「嗯哼。」

「但是她沒問題，她是好人。」

「有沒有找藉口一個人在你外間辦公室耽了一下？放各種相機那一間？」

「她本來就一個人在外面，她不必找藉口。我在暗房工作，她陪了我一下，但是定影液的酸味使她不太舒服，所以她先到辦公室等我出來。」

「她打開照相機，發現玉菩薩不見了之後，你有沒有發現她態度上的改變？」

他看我，好像我一拳打在他太陽穴一樣。

「懂了嗎？」我站起來，伸了個懶腰：「我一定要走了，有空再來玩。」

我走過卜愛茜的辦公室。打開門。

白禮南像個夢遊人一樣走出我替他開著的門。上衣好像比他身材大了二號。

顏依華看著他離開。臉上只有困惑。

我準備回辦公室，顏依華從檔案裡拿出些資料，她說：「賴先生，這些是那一天你要我找的王家案子的資料。」

「喔，是的。」我說，把文件接過來。

她用很鎮定的眼光看我。

「你對他怎麼了？」她問。

「對誰？」

她用她頭向門外擺動一下。「白禮南。」她說。

我表示驚奇道：「沒有呀，為什麼？」

「他好像……好像非常洩氣。」

「真的？我沒有注意到。」

「他在這裡就是等著你進來。他說他要……他在威脅。」

「有嗎？」

「他說他要徹底的給你好看。」

「真的呀？依華，你在這裡工作多久了？」

「一共也只有兩個月。」

「你要是在這裡工作久一點。」我說：「你就會很容易學到很多事。講大話只可以騙騙初出道的資料管理員……那傢伙向你要什麼東西？」

「你什麼意思？」

「你知道我什麼意思。他來要什麼？」

「喔，」她羞怯地說：「他要……這你何必要追根問底呢？」

「我當然要追根問底。」我告訴她：「我不是問他要你身上什麼，我在問你他要我們檔案裡什麼？」

「什麼？」她驚奇地說：「他沒有要我們檔案裡什麼東西。」

「我想他是有的。」我說：「看他站在你邊上，就在檔案櫃邊上的樣子。」

「為什麼？沒有呀。他不過是……閒聊……亂扯一陣。」

她停了一下，痴笑道：「試探性的。」

「我仍在想他是志在我們檔案。」

「對檔案他只有一般興趣，閒聊性質的而已。」

「哪一種閒聊？」

「喔，極基本的問題。」

「你還能記得他說些什麼嗎？」

「他問我們檔案的查檔法，問我在這裡工作多久了。又問一個像這樣大小的辦公室，我們怎樣整理，使後來的小姐找得到以前小姐歸檔的檔案。他又——」

「他沒有請你打開一個抽屜請他看看？」

她羞怯地扭動一下身軀，說道：「他的目的是要把我騙到那一個牆角去。」

「為什麼？」

她淘氣地說：「那還用我說。」

「他有沒有動手動腳？」

「每個男人都會動手動腳。」

「到底有沒有叫你打開抽屜給他看？」

「有。」

「是他拉開抽屜的，還是你拉開抽屜的？」

「是他。」

「是不是皇甫檔案在裡面的未結案抽屜？」

她想了一下，說道：「對呀……我想沒有錯。我沒有特別注意。」

「對皇甫這案子，你有一個專門檔案。」

「是的。」

「裡面有些什麼資料？」

「只有柯太太對那房子裡寶貝保護的記錄。」

「假如他再來。」我說：「不要讓他走近那檔案櫃。」

「喔，他不會回來了。」她說。

「這不一定。」我告訴她。

「賴先生，」她突然激動地說：「我想你真是太好了。」

「是嗎？」

「是的。」

「為什麼？」

「你是如此的……如此的完全無畏。」

「我不是無畏。」我告訴她：「我是順其自然，聽天由命。」

我私人辦公室門打開，卜愛茜走出來。我看到她環顧四周的在找我，一時沒有看到我。

顏依華和我站得很近。她向上看著我，臉上充滿對異性的欣賞。她正想說什麼，這時候卜愛茜看到了我。

愛茜走過來，平靜地說：「我很抱歉打擾你們，但是有一位年輕女士打電話來，一定要和你講話，唐諾，她說十分重要。」

「有沒有說姓什麼？」

「沒有。」

「好。」我說。

我給依華輕輕一笑，讓她可以解釋這是保證有機會我會回來繼續剛才的談話的。

卜愛茜在我走回私人辦公室途中，和我並肩而行。

「我要送她一份狩獵規則的拷貝。」我說。

「給電話上的女人？」

「給顏依華。」

「為什麼要狩獵規則？」她問。

「教她什麼是開放季節；侵入他人財產及狩獵許可證。」

我向她一笑，拿起電話。

一個受驚的女人聲音說道：「唐諾，我一定要馬上見你。」

「你是誰？」

「哈雪薇。」

「發生什麼事了？」我問。

「很多事快要發生了，我希望你能在發生之前趕到這裡來。」

「這裡是哪裡？」

「我的公寓。」

「在哪裡？」

「遠景公寓，三一九，你能來嗎？」

「我不知道，」我說：「要看發生了什麼事。我在辦一件案子，我的時間屬於我僱主的。」

「唐諾，請你來，無論如何要來。」她說：「非常重要，對你對我都重要。尤其……尤其對菲麗重要。」

我猶豫一個合宜的時間，目的使她知道我對這件事並不猴急。然後說：「好吧，我來。」

「請越快越好，唐諾。」

「可以，」我說，把電話掛斷。

我對愛茜說：「有人找我，就說我出去一個小時。」

「小心些。」愛茜說。

「為什麼要小心些？」我問。

「因為我知道你喜歡七搭八搭。」她告訴我。

第十四章 一齣戲

我按三一九公寓門鈴。哈雪薇從門裡喊道：「什麼人？」

「賴。」我說。

她一下把門打開。「喔！唐諾。」她說：「唐諾，真高興你來了。」

她把手放我臂上，指甲掐進我的肉裡，頭抬著看我。「喔，唐諾，」她說：「可怕，真可怕。」

「別慌，」我告訴她：「慢慢來。告訴我什麼東西真可怕？」

她把門關上，又上了門。「這裡來，唐諾，」她說：「坐下來。」

她把我帶到長沙發前坐下來，她把鞋子踢掉，把兩隻腳伸到最直，又把一隻腳在腳踝的地方放上另一隻腳踝，大腿和小腿長長的非常引人注目。她和我坐得很接近。她兩手手指互相交錯，使兩手接在一起，用兩隻手掌心放在我肩上。

「唐諾，」她說：「可怕極了。我不想告訴你，但是我不能不告訴你。」

「那就說吧。」我說。

「那玉菩薩……」

「怎麼樣？」

「是我拿的。」

「嗯哼。」我說：「能容我抽菸嗎？」

「唐諾，」她說：「你根本沒注意我在說什麼。」

「有呀，玉菩薩是你拿的。我能抽支菸嗎？」

「你抽好了。」她噘嘴道。

「你也來一支？」

她猶豫一下，然後說道：「好吧。」

我給她一支菸，把打火機拿出來。她湊前點火，用一隻手抓住我拿打火機的手。經過打火機的火焰，她看我說：「唐諾，我要你幫忙，真心的幫忙。」

「說下去。是你偷了玉菩薩，又發生什麼事了？」

「唐諾，從你對我的樣子，我覺得你不相信我。」

「我相信你偷了玉菩薩。」

「那麼……你……為什麼一點也不在乎的樣子？」

「你要我怎麼辦？跑到街上去敲鑼打鼓說你偷了玉菩薩？你知道我發現了是你偷的玉菩薩，也知道你用什麼方法把玉菩薩弄出屋頂公寓。」

「不是，不是，唐諾。我發誓這不是事實！我要你先聽我怎麼說。」

「說吧，」我說：「你要我拚命趕來，你好像自己並不急。」

「我真的很急，時間不多了。」

「哪就該好好利用。」

她蠕動了一下，使身體更接近我一點。裙襬又向上升了一吋，多露了一點穿了絲襪的大腿。她的嘴唇離開我耳根只有幾吋。

「唐諾，」她說：「我對我朋友失掉了忠心。」

「什麼朋友？」

「菲麗。」

「怎麼樣方式的失掉忠心？」

「我和她丈夫……有聯繫。」

「什麼樣的聯繫？」

她猶豫著說：「舉例說，他要我和他一起演一齣戲，參與一個陰謀。」

「什麼陰謀？」

「我不知道，但是一切他都設計好的。他腦子很好，他的計劃都是經過周密設計的。」

「他要你做什麼？」

「他要我偷那玉菩薩。」

「喔，」我說：「我懂了。你的說法是因為他請求你，所以你才偷那玉菩薩的是嗎？」

「當然，唐諾。我要告訴你的就是如此。」

「好吧，你已經告訴我了。」

「還沒有，我只是先告訴你赤裸裸的事實。」

「喔，你還要給它加點化粧，穿點衣服？」

「唐諾，」她說：「我覺得你對我有成見，不願聽我說的。」

「我儘量在耐著性子，聽你說呀。」

「但是陰陽怪氣，我說起來沒有勁。」

「你要我怎麼樣？」

「要你有同情心，我——唐諾，我感到孤獨，沒有人幫忙。我要一個強壯一點的男人……保護我。」

「我又不強壯。」

「你是的，唐諾。你很了不起。也許你自己不知道。」

她扭動一下又擠得和我緊一點，我把上身向前，伸手去拿菸灰缸。

她深吸一口氣。「是這樣的，」她說：「皇甫幼田來找我，說是想在宴會晚上安排一件竊案。他說他要兩尊玉菩薩的第二尊失蹤。」

「為什麼？」

「他要找個藉口可以請私家偵探。」

「為什麼？」

「我不知道。」

「你把皇甫告訴你什麼，照樣告訴我好了。」

「他告訴我，他希望大家知道他收藏品裡第二尊玉菩薩也被人偷掉了。第一尊是三星期之前失竊的。他說他要請個偵探來保護他的財產。他說他也在電梯裡裝上了X光機器。」

我問：「只是為了防止別人偷竊他的東西？」

她說：「我認為另外還有一個目的。」

「什麼目的？」

「可以用X光照一下到他寓所來的人有沒有帶武器。有人進入電梯，X光可以開放，在透視屏上可以見到赤裸裸的影像，經過電子技術可以像電影一樣放到銀幕上。」

「你怎麼知道？」

「是，我知道。」她說著大笑道：「我剛才還用過赤裸裸這個形容詞。說到赤裸裸，你該看看一個女人在這種透視銀幕上是什麼形狀的。你見到她每根骨頭，外面的裝飾，乳罩、襯裙裡的鐵絲，吊襪帶上的扣環。每一樣東西。這和監獄裡的制度一樣。高危險區的訪客都要經過X光檢查。你站在一個過道，他們看到你帶的一切……」

她咯咯地笑著說道：「你該看一看男人在透視下是怎樣一個樣子。」

「怎麼樣？」

「喔，」她說：「男人身邊帶了一大堆垃圾。菸匣、錢、鋼筆、領帶夾、袖釦，等等。」

「你曾經看過客人們在電梯裡上上下下被照X光的情況？」

「是的。」

「為什麼？只為好玩？」

「不是，我是替皇甫先生工作的。」

「工作是什麼意思？」

「有人要來拜訪他，假如他認為這個人可能帶武器，我就替他做檢查工作。他反正總要有人做這件事，有的時候我就是做這件工作的人。」

「你和皇甫先生很熟？」

「非常熟。」

「熟到他告訴你他要讓玉菩薩被偷掉？」

「是的。」

「他要這東西失竊，目的是可以有個藉口請私家偵探保護他的住家？」

「是的，這是原因之一。」

「還有什麼其他原因嗎？」

「我不知道。這就是使我擔心的地方。」

「他要你怎樣做呢？」

「他……他要去選一個厲害的偵探，這……你知道，這必須是個女偵探。因為必要的時候需要搜查女客人的，再說——」

「等一下，」我說：「我們先回頭看一下。他為什麼要搜查女客人呢？」

「免得她們帶走東西呀。」

我搖搖頭。

「你不認為如此？」

「我不認為如此。皇甫很富有。他真要決定搜查任何一位女客，可能會遇到麻煩。」

「假如女人身上搜出取自房內的任何東西，就不會有麻煩。」

「一定要人贓俱獲才行。」我說：「他得要絕對知道自己在做什麼才行。再說——假如這女客咬定不肯受人搜查，硬說除非請警察來，否則她要告他。相信皇甫不願弄成這種局勢，麻煩就大了。」

「他不能這樣做嗎？」

「可以這樣做，但是他不會真的這樣做。」

「他說他會請一個女偵探，厲害得不得了，沒有人可以私下和她打交道通融。」

「和你說話的時候，女偵探已選好了嗎？」

「是的，你的合夥人柯白莎。」

「那他為什麼要你去偷玉菩薩呢？」

「我想他是在為宴會次一天安排著要發生的事佈置藉口，我認為這是為什麼他安排要被偷掉點東西的原因。

「無論如何，是他告訴我我該如何做。他要我看清沒有人的時候，把裝著玉菩薩玻璃盒的玻璃打破。他要我用棉花把玉菩薩包起來，塞在白禮南用來照團體相那台只照一次，廣角鏡頭的相機裡面。皇甫先生告訴我，這台相機他這一個晚上只照一次團體相，他告訴我照過團體相後他不會再用了，所以是絕好的隱藏地點。而且白禮南上下電梯的時候都會事先通知讓X光不使用，他曾經有過一次所有底片全部報銷的經驗。

「我相信那是白禮南第一次得知電梯裡裝了X光。開始時他不能理解相機裡的和身上帶的底片為什麼都曝了光。他告訴皇甫有人故意破壞他替他照的相，說可能有人在附近使用X光機器。」

我問：「所以皇甫告訴他電梯裡裝了X光機了？」

「我不知道皇甫有沒有告訴他，但是皇甫告訴他，他會親自注意這件事，假如確是受了X光破壞，他保證今後不再發生。他告訴禮南有一個偵探社替他裝了一些保安設置，他自己也沒有細問。」

「好吧，」我說：「皇甫幼田要你把玉菩薩放進相機去，之後又如何？」

「當然相機由白禮南帶出去，我第二天就去看禮南……禮南曾給我照過一些宣傳照，我有理由去向他多要一些照片。皇甫先生說他會給禮南一大堆工作，讓他需要在暗房工作一整天，所以我只要在他辦公室多留一會，一定有機會一個人留在外間，有足夠時間從架子上相機裡把玉菩薩拿出來。從此再也沒有人知道這尊玉菩薩是怎樣離開屋頂公寓的。」

「而後呢？」

「而……你這個聰明人看透了玉菩薩怎麼可能離開屋頂公寓。你自己去看白禮南把相機裡的玉菩薩拿了出來。又請什麼人看守著禮南的地方，所以我去拿玉菩薩的時候，你可以知道是我幹的事。」

「你怎麼知道了呢？」

「過了一陣，我當然自己可以想到囉。」

「你現在再告訴我是為什麼呢？」

「因為我害怕了。」

「怕什麼？」

「因為禮南他是不會做我後台的……大家會指控是我偷的玉菩薩。找你之前，我和禮南談了很多，他知道是我把玉菩薩塞進他相機的，是我去他那裡想把玉菩薩取回來的。當然，在我發現相機中玉菩薩不見了，我曾經指控是他把玉菩薩拿出來另外藏了起來。我……我想我有點脫不了干係了。」

「找我做什麼？」我問。

她用手摸摸我早上新刮鬍髭的下巴，順手替我理理頭髮。「現在，」她說：「我好像在你的手裡了。你看，皇甫先生死了，沒有人能證明我是說真話……假如你不肯幫我忙，我的麻煩可能就大了。」

「也許你不明瞭，」我說：「我是個私家偵探。我已經接下一位與本案有關的客戶，我不能再有任何一位和本案有關的客戶了。」

「當然我知道，就因為如此我才找你。」

「雪薇，我在替別人工作。」

「我知道，你在替皇甫太太工作。」

「所以，對你我愛莫能助。」

「唐諾，把頭轉回來，看看我。」她說。

「我現在在聽，不必看。」

「我要看你，我要你看我。」

她用手托著我下巴，溫柔地，但是有決心地，把我臉轉向她臉的方向。

「唐諾，你看看我，」她說：「我告訴你，假如我不是認為，你我彼此互相有需要的話，我不會把你請過來的。」

「我有什麼地方需要你？」我問。

「保護菲麗呀。」

「你怎麼能幫助我保護菲麗呢？」

她說：「我可以忘記菲麗跑進浴室裡，把門關上，我聽到浴室裡開窗的聲音，而且……因為好奇的關係，我轉頭，從窗口望出去……」

「等等。」我說：「你是不是想告訴我，你從肩後望出去竟可以看到浴室的窗子？」

「不行，我看不到浴室窗子。我是站在模特兒畫壇上，那後面一排窗子都是磨砂玻璃。有些窗門有轉開一點點以通空氣。只夠通空氣，你知道，在設計的時候他們就顧慮到不要使附近的公寓，看得到有模特兒在裡面做姿勢……有的人無聊，認為見到女人沒穿衣服，佔了不少便宜。」

「有的人是如此。」

「其實也不必偷看。」她溫柔地說：「唐諾，裸體本身並沒有不對，只是人的心理學，認為偷看到的值錢而已。」

「你是在說浴室的窗子。」我提醒她。

「喔是的，我從肩頭向後望，當然我看不到浴室的窗子，但是我從窗子打開的縫裡看得到外面……唐諾，知道重要的證據不講出來，是不是有罪的？」

「是的。」

「假如我告訴你一件重要的事情，你不告訴警方，你也是有罪的囉？」

「我什麼也沒有看到呀。」我說。

「我知道你沒有看到，但是我見到了，我告訴你我看到什麼了。你告訴我不要告訴警方，於是——」

「但是我不會告訴你——叫你不要告訴警方的。」

「即使我看到的是一支吹矢槍從浴室的窗口伸出來——看到它移上移下的，好像有人在瞄準目標一樣——你也不會叫我別告訴警察？」

「別傻了。」我說。

「我不是傻，唐諾。我是希望能幫你們忙。」

「為什麼？」

「因為我要你也幫我忙。」

我說：「抱歉，雪薇，沒有商量餘地。」

她眼睛變成冰冷。「什麼叫沒有商量餘地。」她問：「你的意思是你要把我送出去挨斬？」

「我不會把你送出去挨斬的。」

「你要讓菲麗來幹？」

「菲麗怎麼能把你送出去挨斬？」

「她抓住你就可以了。」

「她沒有抓住我。」

「我的意思是獨佔你的服務就可以了。」

「你到底希望我幫你什麼忙？」

「叫菲麗記住，皇甫幼田告訴過她，玉菩薩的被竊是皇甫自己導演的一齣戲，是皇甫要求我去拿的玉菩薩。我之所以把玉菩薩拿了放進相機裡去，只是執行皇甫的命令。」

「你認為皇甫有沒有告訴過菲麗？」

「我可以確定他告訴過她。」

「你為何如此肯定呢？」

「因為這是一件很自然，他一定會做的事。這樣說好了……皇甫告訴菲麗各種事情，是極自然的事。菲麗要是肯絞絞腦子想想，一定會想起皇甫對她說過這件事。」

「要是她想不起來呢？」我問。

「那就太不利了。」

「對什麼人不利呢？」

「對她——也許對她和我兩個人。唐諾，這件事你一定要作我的後盾。是不是要我引誘你一下？」

她儘可能擠得我近一點，用手握住我的手。

「這又是為什麼？」我問。

「喔，」她說：「這只是開始準備工作，你要不要我真的引誘你一下？」

「不要，」我說：「你暫時離開我遠一點，讓我好好想一想。」

她噘嘴道：「想什麼？」

我說：「你是一個天真的女人，一個客串的人，你完全不知道警察存心要辦一件事的時候，可以動粗到什麼程度，你保留不住什麼秘密。」

「好吧，」她說：「就算他們厲害，我也有考慮過。要是我告訴他們我知道謀殺案的內情，而且願意作證使他們偵破一件謀殺案，對小的犯罪他們肯給我免疫的，只是我不願意把菲麗推出來做擋箭牌而已。」

我把她推開，自己站起身來。

「我不反對你試試。」我說：「看會有什麼結果。」

「唐諾！」

「我說過，你盡可以試試。」

「你要不要合作？」

「於是我就變了賄買偽證，於是菲麗的案子沒開始就已經輸掉了。別玩了，你知道些什麼，就去告訴警察。你只要記得一件事，像你這種情況，一旦見到警察，他們會把你撕成一片片的。」

「他們不會。」她有把握地說：「我會先談好免疫的。」

她扭動身軀，裝腔作勢地自長沙發起身，誇張地表露她的大腿和曲線。

我走向門口，把門閂拔開，把門打開走出去，把門從身後關上。

在門快要關上的時候，我聽到她恨恨地喊道：「唐諾！你這狗娘養的！」

第十五章　伸出窗口的吹矢槍

皇甫菲麗自己來接的電話。

「我是賴唐諾。」我說：「我一定要見你。」

「什麼時候？」

「現在。」

「你來吧。」她邀請道。

「哪裡？屋頂公寓，還是畫室？」

「畫室。」她說：「我會對樓下關照，你隨便什麼時候要來都可以上來。」

「你一切都好嗎？」我問。

「還不錯。」

「警方對你難過不難過？」

「不太難過。」

「他們會更嚴的，」我告訴她：「我就來。」

我掛上電話，開車來到公寓，樓下職員向我笑得好像我是老闆一樣。我來到二十層，按皇甫太太畫室的鈴。

她穿了件無帶的黑長袍，臉拉得長長的有點緊張，黑袍是經過設計的，允許露的地方露得很多。

「穿了這玩意兒，你要去哪裡？」

「什麼玩意兒呀？」

我指向那件衣服。

「你覺得好不好看？」她問。

「不是這原因，」我說：「你是個寡婦，不要忘了，你應該還在悲傷期中。」

「悲傷什麼？」她說：「做這種偽裝無聊得緊。皇甫和我差不多等於分居一年多了——你知道他死的那一天幹了什麼？」

「什麼？」

「他好像請他律師一週前就準備好了離婚的文件，他電話告訴他律師要他第二天把離婚申請書寄出去。」

「律師第二天沒有辦嗎？」

「沒有什麼第二天，他死翹翹了。」

「警察知道這件事嗎？」

「警察知道，報紙知道，大家每個人都知道。」

「你怎麼知道？」

「他們逼我逼得厲害——不單是警察，而且是記者。我告訴他們事實，他們都存疑。」

「他們當然要從各方面來看你的真實性。」我說：「只要他們發現你有一點點說謊，他們會嘴臉不同地回來。」

「他們不會找到我騙他們的。」

「記者怎麼樣？」

「他們問的都是最不相干的問題。我根本不願見他們。倪茂文在這時候就發揮了大效力了。」

「唐諾，茂文有一點與眾不同。我丈夫活著的時候，他對他十分忠心，但是他是聰明人。你昨天離開後我和他長談了很久。他告訴我他希望繼續為皇甫家服務，他對幼田的忠心會全部轉移給我。」

「他為什麼想留下為你服務？」

「你什麼意思？」

「你要一個新聞經紀有什麼用？」

「他不止公共關係呀，唐諾。他是個萬事通，大總管，是個經理。他處理一切事務。知道什麼是恰到好處。他和全市各大報都處得好，他對他們有禮貌、合作，但是把他們和我隔離。」

「你離開過大廈嗎？」

「沒有。」

「警察什麼時候在這裡弄完走路的？」

「兩個小時之前，他們告訴我他們檢查完了，我可以使用了。我就下來，一直在這裡。這樣萬一有記者擺脫下面櫃台溜進來的話——」

「這地方不好。」我說。

「為什麼不好？」

「你可以把記者隔離在屋頂公寓之下，但是你無法把他們隔離在這裡之外。」

「我……我不願意讓茂文知道我到這裡來，是為的見你。所以我告訴茂文我要一個人休息一下，我到畫室來。」

「他知道你在這裡？」

「是的。」

我說：「我要你再回想昨天——發生謀殺案的日子。」

「怎麼樣？」

「昨天下午我到這裡來見你，把吹矢槍給你。」

「你並沒有真正的要給我，你留在這裡要我交給幼田。」

「沒有錯。我要知道，我離開後你做了點什麼？」

「畫畫。」

「有沒有再去浴室？」

「怎麼啦，唐諾。」她說：「這怎麼會記得？我是個正常人，我不時會去次浴室。我像每個人一樣，二三天後怎麼記得我去了幾次浴室？」

「你懂得我指什麼。」我說：「你有沒有因為特別原因，去過這浴室？」

她笑笑說：「我要去浴室，當然是為了特別原因。」

我說：「哈雪薇說你進浴室，把門關上，在裡面相當久。她說你把吹矢槍從浴室窗口伸出去，她聽到窗打開的聲音，她看到吹矢槍的尖端。」

「她在說謊，她不可能看到的。」

「你說她在說謊，是因為你沒有做這件事？還是因為你做了，但是她不可能看到？」

「都是。」

「我們來做一次實驗，」我說：「你這裡有什麼東西大概和一支吹矢槍差不多長短的？有沒有拖把柄？或是掃帚？」

「我有一支長柄的畫筆，但是我不知道你想要證明什麼？雪薇根本什麼東西也沒看到。」

我說：「等一下再談這件事。目前我要你到浴室去，把這支畫筆從窗口盡可能遠地伸出來。」

她想說什麼，改變主意，走到壁櫃去，把長畫筆拿出來，走進浴室，把窗打開。

「像這樣？」她說。

「就像這樣。」我說。

我走向一排斜的磨砂玻璃窗，把一塊玻璃推開兩吋。自己走向模特兒的畫壇，站上去，自肩後向開著的畫室窗縫望出去。

我可以看到畫筆最頭上的十吋左右戳出在空中。

我關上窗戶，說：「可以了，她有可能是看到的。」

「她可以看到？」

我點點頭。

她咬著自己嘴唇。

「她馬上會向警察報告這件事了。」我說：「假如你沒有殺死你的丈夫，你倒真會自己攪和。假如你丈夫是你殺死的，那你就死定了。」

「唐諾，我沒有殺死他。」

「你有沒有把浴室窗打開，把吹矢槍伸出去？」

她把眼光垂下。「有。」低聲地承認道。

「為什麼？」

「就在你一離開之後，唐諾。我知道我丈夫急急的需要知道吹矢槍已經找回來了。我記得他的窗沒有關，我走進浴室，我打開窗子一點點，我看能不能見到他。」

「你見到他了嗎？」

「有。」

「他在哪裡？」

「就在他屍體被發現的小間裡，他就站在窗口，他背向我，在和別人談話。

我想……我實在看不到他在和誰談話，甚至可能是在和女人談話。」

「你怎麼辦？」

「我打開窗，叫他名字。」

「他有沒有聽到？」

「沒有。」

「之後呢？」

「我再叫一聲，然後把吹矢槍伸出窗口希望他能見到，我一面大叫『唷呵』。」

「他聽到了嗎？」

「沒有。」

「你怎麼辦？」

「我看他是全神貫注在和別人討論事情，可能不會聽到叫聲了。所以我把吹矢槍抽回來，豎在牆角，把窗關好，回到畫室畫我的畫。」

「為什麼沒有用手電筒來引他注意呢？你有手電筒照一道光到貯藏室牆上去，就可以引起他注意力了。」

「那時候我就是沒有想起這一點來。」

「你準備一個手電筒本來就是這個用處的？」

「是的。」

「那麼你應該想得到。」

「但是，這樣做也會引起我丈夫訪客的注意力，可能打擾他們什麼重要的商議，我不願意如此做。」

「你有沒有經常用手電筒閃光這一招？」

「沒有，幼田在他書房的時候，不喜歡有人打擾他。我用這一招只在十分重要的事——不能為雞毛蒜皮小事。」

「雪薇如何？」

「什麼意思？」

「我要多知道她一些。」

她說：「你還沒看飽？你應該對她有瞭解。」

「什麼意思？」

「該看的都看了。」

「喔！」我說：「就如此簡單？」

「當然，」她說：「雪薇就如此，像身段好的其他女人一樣，喜歡有人看她，喜歡成為注目的焦點。」

「喜歡什麼人看她？」

「隨便什麼人。」

「皇甫幼田？」

她倦態地說：「可能吧，雖然有的時候幼田醉心於工作，一本正經忙自己的事，把所有女人推向一邊。」

「但是，你不認為他把雪薇推向一邊了？」

「不至於吧，雪薇只要下定決心，要推掉她也不容易。」

「你不在乎？」

「在乎有用嗎？」

「也許沒有用，但是我的著重點是你有沒有疑心到，假使有懷疑，為什麼還對她那麼好？」

「我該怎麼做？」

「很多妻子會把她眼珠子挖出來。」

「假如我把每一個和皇甫幼田搞七捻三的女人眼睛挖出來的話，我可以開一個眼庫了。」

「你不是說他忙於工作，會把——」

「喔，他是間歇性的，發作的時候動作快得很。」

「玉菩薩本來是有一對的？」

「是的。」

「雪薇的經濟狀況如何？」

「我不知道，雪薇這一方面的事我一點也不知道，我知道她有點經濟來源。不久之前，她曾經請我背書過一張支票，她可以兌現，是張一千元的支票。」

「她的抬頭？」

「是的。」

「什麼人出的票——你知道嗎？」

「是的，我看過簽字——我一定要看，我等於是做的保人。雪薇不太高興，認為我多管閒事。我只好告訴她，我要不看看出票人，我真不願隨便作保。」

「什麼人簽的字？」

「齊莫謀。」

「你也認識？」

「藝術品拍賣市場見過幾次。」

「雪薇也是藝術品鑑賞家嗎？」

「她在鏡子前鑑賞自己的肉體美——但是，我喜歡她，唐諾。」

「為什麼？」

「我不知道，也許因為她很放得開。」

「假如她經濟上發生了大困難，她決心偷這兩尊玉菩薩來賣。你看她會賣給什麼人？」

菲麗搖搖她的頭說：「不會，這絕不是雪薇的格調。雪薇可能不忠於感情，但她在金錢方面十分誠實。她——」突然菲麗自動停下。

「怎麼啦？」我問。

「再想想，雪薇最近兩三個禮拜是有一點怪怪的，有一天我看到她和齊莫謀共坐在一輛跑車裡。車子停在樓下，顯然他是送她來上班做模特兒。我……我那時也奇怪過，他們手握手地講話……」

「齊莫謀到底是怎樣一個人？」我問。

「要看你問誰。」

「我在問你呀。」

「有人認為他是個正經人，一個名人，一個東方藝術品收藏家。有人認為他……」

「說呀，」我說：「有人認為他怎樣？」

「也可以說是收贓的。」

「我可以在哪裡找到他？」

「他在商業區有個店，但是我不知道他住在哪裡，電話簿裡是應該有的。」

「你有沒有告訴警方你曾經把吹矢槍伸出窗外，一面喊叫過你先生？」

「沒有。」

「為什麼不說？」

「我認為這是不必要的。」

「好吧，」我告訴她：「說不定這是致命傷。現在——我要你仔細想一想，我離開這裡之後，你進過浴室……雪薇有沒有進過浴室？」

「老天，唐諾——我不知道。每個人有時都要……是的，我想起來了。有，她有。」

「她去的時候吹矢槍在浴室裡，是嗎？」

「是的，我就把它豎在浴室裡。」

「她在裡面多久？」

「我不知道，我沒計算她時間。我繼續畫我的畫……老實說我自己太投入了，對周遭的一切沒有太注意。我確定她去過浴室，但是我在作畫上有些困難，所以我全力在研究如何可以解決這些技術問題。當時我曾希望她回來站在畫壇上，我要看光線是如何照上去的，這一點我記得十分清楚。」

「假如警察再來，」我告訴她：「對他們說你今天就是不能再回答任何問題了。

「另外，把這件衣服脫掉，換上一套保守一點的，顯得悲悼一點的。」

「我一點也不悲悼呀。」

「你應該悲悼的。」我告訴她：「你要使全世界都知道你十分悲悼，你丈夫和你關係不是十分好，他個性比較冷漠，他喜歡孤獨。你好像始終未能全部瞭解他，但是你尊敬、崇拜他。你覺得他是十全十美的。

「不幸的是，他不喜歡女人。他全部精力投注在他冒險工作上，所以連你都不易接近他。你當然有點失望，但是這是現實生活。現在他死了，你很想念他，對他的死法你更是痛心萬分，你特地請了私家偵探來找線索提供警方。這一點你要弄清楚，千萬別說成請了私家偵探來幫警方破案，那樣就不好了。你請私家偵探的目的是找出線索來，轉交給警方，使警方可以早日破案。

「此外，我還要你做一些事。」

「什麼事？」

我說：「給我張紙。」

她打開一個抽屜，從一本便條紙上撕了一頁下來。

我拿出我鋼筆，在紙上寫道：「本人全權委託柯賴二氏私家偵探社找尋及代為保管，本人丈夫收藏品中失竊之玉菩薩。」我把紙和鋼筆一起推到她面前。

她唸了一遍說道：「要不要寫上日期？」

我搖搖頭。

「連偷掉的日期也不寫嗎？」

我又搖搖頭。

「你要這紙條做什麼？」

「我也許需要它。」

她猶豫一下，簽上了她的名字。

我拿起這張紙，摺疊一下，放進我口袋，說道：「再見了，菲麗。」

她相當失望：「唐諾，我希望你不要老是匆匆忙忙的。」

「我希望如此。」我說，走出她畫室。

第十六章　齊莫謀先生

我沿了街道兜了兩個圈子，一再看這個地方。

天已經黑了，我無法看得太清楚，只見靠前的一間房內有燈光，全屋好像平靜沒有活動，至少絕對沒有重大的活動在進行。

房子是有高級格調的，濃厚的長春藤爬滿房子向街的一面和門廊，透露出屋主人地位一定不低。

我把公司車停妥，走上階梯。在按門鈴之前，我把口袋裡一直跟著我的玉菩薩拿出來，把它藏在長春藤深暗的地方，我直覺地感到把玉菩薩帶進去是不妥當的。假如這傢伙和雪薇是串通好的，而雪薇又是為他而下手偷玉菩薩的，十之八九他已經對我完全清楚了，當然也會知道玉菩薩現在在我身邊。

我把長春藤拉一拉，使玉菩薩藏得更好些，按門鈴。

來應門的男人竟然比我更矮，年齡大概是五十歲。一雙水眼，猥猥瑣瑣。

一眼看上去使我就想到後巷的癩皮狗，夾著尾巴，始終等著別人的皮鞋和石塊似的。

「我想拜訪齊莫謀先生。」我說。

「我就是齊莫謀。」那男人說，藍色水汪眼好奇地看向我。

「我姓賴。」我告訴他：「賴唐諾，是個私家偵探。我能和你談談嗎？」

「沒什麼不能的理由，賴先生。你要進來嗎？」

我跟他進入房子。我們經過一個接待的玄關，來到我在門外見到有燈光亮著的靠街房間。

這間房佈置得又像書房，又像是私人房和工作房。房裡有一張大書桌，一張小的珠寶匠工作檯，工作檯上有幾個小的珠寶匠旋轉盤，鑽床；一個大保險箱、有兩個密碼盤；一台雙目顯微鏡，一些書，一張大的旋轉椅在書桌後面，書桌前面有兩隻老式的皮墊直背椅子。

「請坐。」他用平靜而有禮的語調說：「賴先生，告訴我，我能幫你什麼忙？」

「我來這裡的目的比較敏感一點。」我說。

「還是請你說吧。」他說。

我不斷觀察他，希望找一個最合適的措詞。「請問你認不認得一位叫哈雪薇的模特兒。」我問。

他拿起一支鉛筆，開始在一疊紙上亂塗。幾秒鐘之後，他抬起頭來說：「有關係嗎？」

「相當有關係。」我說。

「由你來說好了。」他說。

我說：「我是職業性的，齊先生。」

「職業性？」

「是的，私家偵探。」

「你告訴過我。」

「我出來工作是有人付錢的。」

「嗯哼。」

「你知道皇甫幼田死了嗎？」我問。

「我從報上看到了。」

「皇甫幼田有兩尊值錢的玉菩薩，很好的翡翠，幾乎是沒有瑕疵的。雕工也是一流的，在前額上鑲了一顆紅寶石，細看起來菩薩的腦子裡好像有一圈智慧之火。」

齊莫謀手中還在胡寫亂塗。嘴裡咕嚕著道：「有意思。」

「謀殺案發生的前一夜，其中一尊失竊了。這件事發生之前三個禮拜，另外一尊先就被偷掉了。皇甫幼田對這兩尊菩薩很看重，認為是無價的。」

齊莫謀的眼睛從亂塗的一疊紙上抬起來，瞥了我一眼，又低下頭去，畫一個三角形，慢慢地加上一個外接圓。

「我知道什麼人拿了這兩尊菩薩。」

「真能幹。」

「要不多久警察也會知道。」

「要不多久，是多久，是多久呢？」

「也許幾分鐘。」

「說下去。」

「哈雪薇，」我說：「是個兩頭倒的機會主義，她是個活動能力強的年輕女人。她聰明，美麗。她天真，但是對付警察，她一點經驗也沒有。

「只要警方加點勁偵詢她，她會供出來，她曾多次——除玉菩薩外——偷竊過一些小巧，但是特定的珠寶藝術品。」

我沒說話，齊莫謀也不說話，鉛筆不斷在紙上亂畫，都是三角形，外加外接圓。

「她會供出你的名字來的。」我最後說。

「沒有理由要提起我名字。」他說，根本沒有抬頭。

「警察當然會調查。」我說：「他們現在可能在申請搜索狀。」

我不再說話，房間裡靜下來，只聽到鉛筆在紙上亂畫的聲音。

「他們會來這裡的。」我說：「時間不多了，我能幫什麼忙嗎？」

「幫什麼忙？」

「我目前代理皇甫家的資產，我是在替遺孀皇甫菲麗工作，我受命要把玉菩薩找回來，這件事還有獎金。假如你協助找到玉菩薩，保險公司還有三千元的獎金。

「保險公司當然有獎金的嚴格規定，這三千元獎金絕對不能付給偷玉菩薩的小偷，或是代表小偷的人，所以我的出面就十分重要了。

「我願意出面聲明，說你在警察知道有哈雪薇這個人之前，你打電話給我。我來證明是你說的：這件玉菩薩在你手裡，你是從一位自稱祖傳給她的一位年輕小姐那裡買來的。小姐說她祖父是一個遠東的貿易商，他從中國買來，一直留著，直至傳到她手上。你後來看到報紙，連想到這玉菩薩的雷同，所以打電話來告訴我。

「這樣的話對於收受贓物這件事，你就置身事外了，而且可以從保險公司得到三千元的獎金——也許還要多一點。」

「你要多少呢？」

我沒想到他那麼直率，我必須好好回答這個問題，假如我說得太便宜了，他會起疑心。假如我說得太多了，他會把我掮了出去。

我等那水汪汪的眼睛抬起來看我。說：「一千元——現鈔。」

「假如我沒有一千元——現鈔？」他說。

「我想你是有的。」

「對不起，」他說：「有電話我先接一下。」

他站起來，經過我，走出室外。我聽到他拿起一支電話道：「哈囉，哈囉……是的。」一扇門關上，我只能聽到電話會話的聲音，聽不出在講點什麼。

顯然房子裡有兩具電話，一具在這間房裡，另一具不同線路的電話在房子後面的房裡，也就是剛才響的那一具。

我獨自一個人坐在房裡，用腦子在想。

我的耳朵沒有毛病，我沒有聽到電話鈴聲。我怎麼能確定有兩具不同線路的電話呢？

我跳起來，移動到辦公室旁，小心地拿起電話。

正好來得及聽到齊莫謀的聲音在說：「那就交給你辦了。」電話切斷。

我急急放下電話，有如怕燙到了手，回到原來椅子上。齊莫謀再次進來時，我正好點上一支菸，把火柴在搖熄。

「朋友，」他說：「你要的可不少呀。」

「我們這一行，開銷也大。」

「會不會太多？」

「不至於吧。」

「我有什麼保證，你不會出花樣呢？」

「當了你的面，我可以打電話給皇甫太太。我對她說我是從自己公寓打的電話；我說你下午有電話給我；我說我有來看你；你告訴我你有一尊玉菩薩，看起來像失竊一對當中的一隻。我告訴她，你想請她過來看看，我抱歉打擾她的安靜。」

他又開始亂畫，這一次他給每一個圓圈加上了一個外接的四邊形。

齊莫謀看看他的手錶。

我看看我的。

「時候不多了。」我提醒他說。

「多的是。」他說。

我等他繼續。

突然，他把腰幹伸直。他說：「你要照我說的寫幾個字。」

他交給我他手中一些紙和一枝筆。

我說：「我先要知道你叫我寫什麼。」

他說：「我要你寫：『我，賴唐諾，一個有照私家偵探，今天下午兩時，接到齊莫謀的電話。齊先生告訴我，他認為他有一個皇甫幼田收集項目中失竊的玉菩薩。據齊先生稱這尊玉菩薩是合法購得，但因為讀報發現和皇甫收集品中失竊的如此相似，所以十分震驚。

「『本人親自拜訪齊莫謀，齊莫謀將玉菩薩顯示，本人告知確和失竊品十分雷同。齊先生當即將玉菩薩交本人保管，且要求用本聲明作為收據，玉菩薩將由本人交回失主。

「『齊莫謀先生告訴本人，當初該尊玉菩薩他是以一千元代價購得，他希望此一筆一千元的款可以收回，除此而外，他聲明分毫不取。』」

我假裝傻瓜說：「我可以給你弄到三千元呀。」

「當然，」他告訴我：「你要給我弄來三千元，你說過也許還要多，但是目前我需要這張聲明作我自己的保障。萬一你要玩什麼花樣，我就可以拿出來派用處。除非必要，我不會用它的。

「你到我這裡來，給我提一個條件，很可能是騙人的。你說你被皇甫太太請來這一點，我相信，至少我在報上見到你們公司曾被請來保護皇甫的收集品。

「朋友，你自己說過時間不多了。幹不幹隨你，你自己決定。」

「不要忘了我也是有目的的。」我說：「我得一千元。」

「當然。」

「一千元一定要現鈔，這是我們兩個人之間的秘密。」

「只我們兩個人知道？」他問。

「當然。」我向他保證。

「那你就快寫吧。」他告訴我。

「再說一遍。你說，我來寫。」我說。

他又說了一次，我照著寫下來，故意猶豫了一陣，簽上自己的名字。

他把辦公桌右上抽屜打開，拿出一尊玉菩薩，從口袋拿出一隻皮夾，數出十張百元大鈔，把玉菩薩和鈔票一起交給我。

我把錢放進口袋，拿住玉菩薩，說：「也許時間不太多了，我要在警察來之前先溜才好。」

「我也有同感。」他說。

他陪我走到門口，他懶得和我握手，我也懶得和他握手。

我匆匆穿過馬路，跳進公司車，打火發動引擎，把車頭燈開亮，把排檔吃進一檔。正要把車開離路邊的時候，頭頸後面頂上了一件冷冷，硬硬，圓圓的鐵器。

「慢慢來，夥計。」一個聲音說：「前面街角右轉，過兩條街有一個空地，慢慢的開進去。」

我快速地想了一下。「你是什麼人？」我問。

「沒多大關係。」他說。

「你要幹什麼？」

「我們會告訴你的。」

「條子？」我問。

「少問問題，注意向前開。」

我向前慢慢地開，把車轉進空地。

「把引擎關掉。」聲音說。

我把引擎關掉。

「車燈熄了。」

我把車燈熄了。

「把兩手放頭上，手指叉手指。」

我照他吩咐做。

兩隻手搜我全身看有沒有武器。

「滾出去。」

我離開汽車。

兩個人從後車門出來，兩個都是很大個子的人。我開車門進入他們圈套的時候，他們這樣大兩個人都要躲在我們公司車的前座椅背後，也確是難為他們得很。

「你蠻會管閒事的，是嗎？」一個人說。

我轉身的時候，另一個人揍了我：一拳打在我頭的一側，打得我兩眼冒金星，胃裡沒有東西，但乾嘔又反胃，另一個一拳又打中我另一側的太陽穴。

我倒下來，喘不過氣來，一個人一腳踢中我的肋骨，我突然坐起抓住他的小腿。他沒提防，我用力一摔，把他摔在地下。

我聽到有人大笑，什麼東西敲上我的頭，一切都不再有感覺了。

第十七章 搶劫

我恢復知覺的時候，已經九點半鐘了，我一個人躺在空地暗處，連公司車也不在了。

我移動一下，全身有如刀割。我先用手和膝蓋把自己爬起來，然後站起身來。

我把手伸向口袋。一千元現鈔已不見；我自己所有的錢已經不見；我的身分證明和手錶都在。我的記事簿、鋼筆和鑰匙仍在袋內。除此而外，身上每件東西都拿走了，包括那尊玉菩薩。

我試著走路，開始又慢又痛苦。漸漸的我才能習慣於利用痛得不得了的肌肉跨步，但是我的腰還是直不起來，我彎著腰，慢慢蹣跚著向前走。

我以為我可以走到街角的燈光下的，但是走了一半我開始頭暈。我覺到人行道在旋轉，整條馬路高低不平，地層在浮動，有如大太陽底下在沙漠裡開汽車。

我抓住一個郵筒，大大的不舒服起來。

過了一下，車頭燈照到我身上，我聽到一輛車停下來，就在路旁。

一個聲音叫著說：「嗨，朋友，你在幹什麼？」

我抬頭看，試著露出一點笑容來。

「到這裡來，我們有話問你。」

我漸漸看清楚這是輛警車，是輛警用巡邏車，前座坐著兩個警官。

我走過去。

「有身分證明嗎？」其中一個警官說。

「抱歉，我不是在遊蕩。」我說。

「嗨，他襯衫上都是血。」另一個警官說：「怎麼回事，老兄？」

「兩個壞蛋把我弄到空地，搶了我，打昏了我，留我在那裡等死。」

「有身分證明嗎？」一個問。

我伸手進口袋，拿出我的證件。

一位警官看我的證件，看我們公司的名片。另一位一點好奇心也沒有，兩眼瞪視著我的一舉一動。

看我證件的人吹了一聲口哨：「這傢伙是個私家偵探。」

「私家偵探，嗯。」

「是的。」

「名字叫賴唐諾。」

另一個人向我說：「賴唐諾，你在這裡幹什麼？」

「我在調查一件事，拜訪一個有關的人。我把車停在他門口，兩個壞蛋趁我在裡面的時候爬進了車後。我進車的時候沒有看一下……一個人用槍指著我腦後，把我弄到那塊空地去。」

「你車呢？」

「被他們開走了。」

「車號總還記得吧？」

「當然。」

「我們會發個通緝令出去，多半可以捉到他們——看樣子你挨得不輕……你是在拜訪誰呀？」

「一個住在這裡的人。」

「把他姓名給我們。」

「這是職業機密。」

「你在唬誰呀，把他姓名給我們。」

「齊莫謀。」我說。

「住哪裡？」

「大概向前一條半街右轉。」

「進來。」警官說：「帶我們去看看。」

我坐進他們車子的前座，一位警官坐到後座看著我，我帶他們到齊莫謀家門口。

「好了，賴，你出來。」警官說。

從車裡出來非常痛苦，一個警官幫我忙，把我拖出來，另一位坐在車裡守著無線電通訊。

我走上門廊，警官按鈴。

過了一下，大門打開。

齊莫謀站在門口，態度溫和，水汪汪的眼神顯得好奇。「有什麼事嗎？」他問。

「我們是警察。」警官說：「這傢伙說他有公事才拜訪過你，兩個壞人在路上揍了他，搶了他。」

「拜訪過我？」齊莫謀說，聲音提高一點，正好表示出適度的驚訝。

「是呀。」

「但是這是不可能的呀，整個晚上我都在家，沒有人來看過我呀。」

「你再仔細看看他。」警官說，把我推轉過來向著亮光。

齊莫謀說：「我不知道你們在搞什麼鬼，但是我一輩子從來沒有見過這個人。」

警官斜了頭，蹙起眉。「好了，賴。」他說：「我們先把你帶回總局，也許到了總局你會想起比較好一點的故事。」

警官把我帶回警車。

坐在車中的警官說：「怎麼樣？」

「姓齊的說從來也沒有見過這小子。」警官說。

「我用無線電查對過。」駕駛座上的警官說：「這傢伙是私家偵探沒有錯，他的執照也沒有問題，他們是在辦皇甫幼田這件案子。皇甫幼田你是知道的，被謀殺的。狄警官和宓警官在辦這件案子，他們要我們先把他帶回去再說。」

「好，我已經告訴過他，我們要把他帶進去再說。」另外一個說。

他們向我點頭，這次讓我一個人坐後面。一個人說：「你坐後面，坐舒服一點，他們要和你談談。」

第十八章　收贓者

狄警官上下向我打量一下，「哈哈。」他說：「你看起來好像從碎肉機的出口裡掉下來的一樣。說吧，到底發生了什麼事？」

我想露一點笑容，但是我的臉腫得兩邊有點不平衡，一隻眼皮腫得垂了下來，所以沒笑成。我勉強忍痛把身子直一下，我說：「天黑了，我走進廁所的時候撞上了門。」

狄警官以專家眼光向我看著，像是兩個回合之間，拳擊教練在觀察對方選手，以決定如何教導自己一方下手似的。

「我看你已經被裁判數到十下了。」

「才只有數到九。」我說。

「你認為你仍在圈子裡作戰？」

「當然。」

他把頭向後一仰，哈哈大笑道：「去你的，唐諾。從『一』數到『十』早已數完了，別賴在地上，現在你已經出局了。」

「我只聽見數到九。」我說。

「你耳朵打聾了。我告訴你，你出局了。」

「什麼意思？」

「出局你懂不懂，打拳擊已經一數到十。打棒球你已經三振了。出局了，完蛋了，不必再玩。」

「好吧。」我告訴他：「反正你愛怎樣說，只好由你。」

「你知道就好。」他說：「我覺得你現在才開始長大一點，懂得事情該由什麼人作主。你早就該知道我們並不喜歡你們這種外行在謀殺案裡鬼混的。

「你想想看，要是有一天報上和電視新聞出來，說是警察還在那裡大兜圈子的時候，超級小不點兒的私家偵探賴唐諾，已經把皇甫幼田的謀殺案破掉了，有多影響視聽。」

狄警官停下來，搖搖頭繼續說：「在我們看來，這是壞極了的公共關係。

「當你們這些私家偵探發現了什麼和犯罪有關的資料，你們應該直接交給警察當局，由我們來繼續偵查。」

「根據我給你們的資料，你們查出來的結果，會不會告訴我呢？」我問：「還是我必須看報才能知道？」

他笑笑，好像父親告訴兒子一樣，說道：「你必須看報才能知道，唐諾。現在——我想，我們彼此有了一點瞭解了。你該從開頭開始，把每一件發生的事告訴我——」

門打開，宓善樓匆匆進來。

「嗨，善樓。」狄警官說：「我們這裡來了一隻挨揍挨慘了的金絲雀。我已經告訴過他，我們最喜歡會唱歌的金絲雀了，我們喜歡聽他們唱歌。」

「假如他們唱對調子的話。」善樓說。

「對。」狄警官同意。

善樓說：「小不點，你一定是又皮癢了。」

「我什麼也沒有做呀。」我說。

「是的，你是沒有做。」善樓說：「你已經被別人做過了。」

他們兩個仰首大笑。

「我才告訴這傢伙，他出局了，我們要把他從這一局趕出去，這一局已經數到十了。」狄警官說。

「嘿嘿，有意思，有意思。」善樓搓著他的手，看我青腫的臉，我覺得他有一點幸災樂禍的快感。

他轉向狄警官。「我告訴過你，這小雜種有這麼一點腦筋，但是有太多太多的天才。唯一困擾是他根本一點點做後盾的本錢也沒有，可是他老愛把頭搶先伸出去，所以老被別人修理。我發誓我見過這傢伙十多次，應該在醫院裡的——原因只有一個，都是因為某些混蛋案子，他應該交給警方，但他自己充能要伸出頭來。」

「這小雜種學不乖的嗎？」狄警官問。

「目前還沒有學乖。」善樓說。狄警官突然把臉拉下來。「這次我們來教他。」他冷酷地說。

「不見得有用。」善樓說：「他有一個把自己臉湊到別人拳頭上去的習慣，對不對，唐諾？」

我不說話。

狄警官說：「你來的時候我正在使他放下屠刀，立地成佛。」他轉向我又說：「唐諾，你說說發生什麼事了吧。」

「是的，」善樓說，拖過一張椅子，椅背放前面跨坐下來：「說出來聽聽。」

他自口袋中掏出一支雪茄，用牙齒咬著扭斷雪茄屁股的一端，把咬下的一小撮雪茄尾巴吐在地下，把雪茄用火柴點著，好像做好看一場好戲的準備似的。

「說吧，小不點。好好的說，不可以說謊。」

「我沒有什麼可以說的。」

「你聽著。」狄警官說：「我們有很多方法可以叫一個人開口，對付你，我們甚至不要洗腦，不要用任何不正當手段。我們只要給你點壓力就可以了，唐諾。我們不斷給你壓力，沒有任何一傢私家偵探社在洛杉磯能立足——假如警方老反對他。善樓說你聰明，你可真要識時務才行呀。」

「他是夠聰明的。」善樓說，過了一下，又加一句：「但是詭計多端——真他媽的詭計多端。」

「自從我們建交後，」我對善樓說：「你從來沒有因為認識我而損失過一根汗毛吧。」

「這倒沒有。」善樓承認道，猛吸了兩口雪茄：「不過我相信，假如我坐在那裡等事情照你希望的樣子發展下去，一切就都不是今天的局面，只要是你小子洗過的牌，我總是不會忘記拿回來再洗一次的。」

「好吧，牌還在我手裡，我會記得在發牌之前交給你，讓你再洗一次的。」

狄警官搖搖頭說：「不行，我們不喜歡這樣做法，唐諾，也許善樓對你有信心，但是我沒有，我自己是混過來的，不喜歡小混混。」

「我相信，」善樓說：「小不點，你不可能和狄守泰打哈哈，你還是識相點好。」

「否則呢？」我問。

善樓用舌尖，頂著上顎嘖嘖出聲。

「從開頭說起！」狄守泰說。

「我除了心裡懷疑的之外，什麼證據也沒有——」

「心裡想的也可以。」狄守泰說。

「但是我不喜歡因為心裡想到的，向你們打小報告。」

「你管你講，採用不採用在我們。」善樓說：「只要你跟別的人不要亂說就行了——尤其是記者。」

我說：「起因是一個模特兒，她又做畫畫，又做攝影的光身體模特兒。」

「你說我們的小朋友哈雪薇吧，皇甫出事那天，他太太請來當模特兒的那位小妞？」

「是的，就是說她。」

「你看！」善樓轉向狄守泰說：「這就是標準唐諾，他總在女人堆裡晃，隨便什麼案子裡，只要有女人，唐諾總佔點便宜，我相信女人都有母愛的內在美，唐諾看起來又是需要別人保護、照顧。三弄兩弄，這些女人就覺得應該給他換換尿片了。這種情況，我已經司空見慣了。」

狄警官向我問：「說下去，哈雪薇怎樣了。」

我說：「她是個收贓的。」

「收贓的？」狄說：「那個小妞？」

我點點頭。

「他瘋了。」狄警官轉向宓善樓說。

善樓搖搖頭：「讓他說下去，守泰。讓他說下去，他什麼地方有他觀點，我們聽不聽由我們。唐諾，說下去，你說她是個收贓的，何以見得？」

「她經常和一個老傢伙在一起，一個叫齊莫謀的老頭，他是個收藏家——當然在戀愛方面兩個人湊不到一塊去——老頭是在替她做工作。」

「什麼？」狄警官說。

「我想他是在提供給她……這不過是我想像，我想他是在提供給她每件東西的價值，然後，我想雪薇弄到手，處理掉它們。」

狄看向宓警官。「老天，有他這樣笨的人！」他說。

「閉嘴，守泰。」善樓對他說，但是眼睛恰瞄向我：「說下去，唐諾，怎麼想到的，你一定是有原因的，原因是什麼？」

「我正想告訴你。」我說。

「好，說下去。」

我說：「我沿了這條線在查下去，如此而已。我去拜訪齊莫謀想小心地問他幾個問題，我沒機會見到這傢伙，我把車停在他門口，才要出來，兩個惡漢把我迫進車裡，弄到那塊空地上去猛揍了一頓。」

「這一點我們相信。」狄警官道：「合理，而且看得出來。」

「你認為齊莫謀和這兩個打手之間有關聯？」善樓問。

「絕對沒有。」我告訴他：「老實說，我認為是哈雪薇那女人，她請這兩個打手跟蹤我，看我去哪裡。那兩隻牛看我去對了地方，就修理我一次，目的讓我暫時活動不了。」

「拿了你什麼東西嗎？」善樓問。

「什麼意思『拿了我什麼東西』？」

「你沒有什麼證據，他們急著追回的吧？」

「假如我有什麼證據，」我說：「我自然會牢牢藏妥，哪能放在身上呢？沒有，只有懷疑，沒有任何證據。」

善樓和守泰交換眼神。「這傢伙一定有點什麼東西。」善樓說：「否則他不會去找姓齊的。守泰，你懂我意思嗎？」

「我懂，」守泰說：「值得一試。」

過了一下，狄守泰用大拇指向我的方向一翹，道：「把他怎麼辦？」

「帶他一起走。」善樓說。

姓狄的搖搖頭。

「你對他瞭解不像我那麼深。」善樓說：「他也許又在玩很深奧的遊戲，把他帶到，一直帶在身邊。這樣的話，假如他說的有不對的地方，那小妞一看見我們帶這小不點兒進去就會讓我們知道，她會認為他出賣了她，假如她開始抱怨他，我們就可以接手追下去。」

「我還是覺得帶著他不妥。」狄說。

「不帶他更不妥。」善樓說：「他會把事情搞得亂七八糟。」

「他不敢。」

「去你的他不敢。」善樓說：「這傢伙膽大包天，所以他才會老被人修理，他不懂得什麼時候該煞車。」

「我們把他關起來。」

「他自己會在十五分鐘內寫好無辜被監禁，聲請釋放的書面文件。」善樓說。

「我們可以關照，不准給他紙，不准他用電話——」

「那他會告我們，要求一百萬元賠償，他還會勝訴的。」善樓說：「我以前和這傢伙見過無數次面，他是堆炸藥。他的腳步很快，你聽我的話沒有錯，守泰，我們帶著他走。」

「好吧，」狄警官說：「你是老闆，你怎麼說，我們怎麼做。」

「起來吧，小子。」狄警官向我說。

我試著站起來，全身肌肉就是不起反應，我的腿不夠力量把自己支持起來。

狄警官伸手到我腋下幫助我一下，支持我站起來，「這時候最要緊是多動動。」他說：「否則就會更痠痛的。」

「現在已經吃不消了。」我說。

他笑笑：「跟我們走走對你有好處。」

他們帶我進電梯，下樓進入警車，開出去。

狄警官對公寓的櫃檯職員說：「我們是警察，要上去問哈雪薇幾個問題，我們要你不先通知她。」

「是的。」職員說。

「你聽清楚了?」狄警官又盯一句。

「是的，聽清楚了。」

「假如你多事，我們會認為你和警察不合作。」狄警官警告他。

我們走進電梯，上樓，來到哈雪薇公寓。

宓善樓在門上大聲敲。

門打開二吋，有一條門鏈連著。

善樓把警章、個人服務證，從門縫裡給她看。

「警察。」他說：「我們要和你談談。」

「我已經把知道的都告訴你們了。」雪薇說。

「我知道，」善樓說：「但是我們還要和你談談……把門打開，我們不能站在這裡和你爭一個晚上。」

她把門打開。

我們三個循序而入。

她向我看一眼說：「唐諾，你怎麼了?」

「我撞上一輛汽車。」我告訴她。

「你跟這些人怎麼混在一起去的？」

「他們帶我出來兜兜風。」

「由我們來說話，」善樓說：「雪薇，唐諾早些時候來過這裡，是嗎？」

「是的。」

「你告訴了他一些什麼？」

「沒什麼呀……就是我告訴你們的一些話。」

「齊莫謀怎麼回事，你告訴他有關齊莫謀什麼了？」

從她驚慌的表情，善樓知道他戳到癢處了。

「說呀，你告訴他什麼了？」

「我沒有告訴他什麼；一件事也沒有說！」她有點激動：「假如他對你說齊莫謀壞話，他……他是在說謊，他——」

「慢慢來，慢慢來。」善樓說：「齊莫謀有什麼壞事？」

「沒有壞事。」

「你和他是什麼關係？」

「什麼關係都沒有。」

「你認識他？」

「我……我見過他。」

「你沒有告訴賴唐諾有關齊莫謀的事？」

「我沒有！」她生氣地說：「我不知道他告訴你們些什麼。但不論他說了什麼，都是騙人的。」

善樓自己坐了下來，把兩腿在前面交叉起來，掏出一支新雪茄。「有意思，有意思。」他說話的口氣，好像簽了一百支大家樂，得了個獨贏似的。

他把雪茄屁股咬下一小段，一口吐在公寓用得快沒有毛的地毯上，擦著一支火架，湊上雪茄，吹噴了三次，又說道：「真的有意思。」

「我不喜歡雪茄。」雪薇簡短地說。

善樓好像耳朵裡塞了油灰，沒有聽到她說的話。他長長，過癮地吸了兩口雪茄，每一口噴出來都是細細遠遠的一條線。他笑向狄警官說：「好不容易上了路。」

狄警官抬起眉毛向善樓看看。善樓點點頭，但轉向雪薇：「你認識這位齊莫謀？」

「我告訴過你，我見過他。」

「兩個人一起出去過？」

「一起吃過飯。」

「其他呢？」

「沒有其他的。」

「有私人關係嗎？」

「他都可以做我爸爸了呀。」

「那有什麼關係，很多都是這樣的。」善樓說：「有的可以做祖父了，但是還可以勾勾搭搭。也許是一廂情願的，但他有沒有試一試呢？」

「不……不是這樣的——齊莫謀不是這種人。」

「沒有把你當個美女來看？」

「我告訴你，沒有，他是個紳士。」

「好，是個紳士。」善樓笑著說：「他在搞什麼鬼，他要你什麼？為什麼請你吃飯？」

「他……他喜歡我，我想，是父親對女兒的喜歡。」

「喔，他帶你出去是因為喜歡你，嗯？」

「大概是吧。」

「沒有其他意圖？」

「沒有。」

「你給我成熟一點好嗎？」

哈雪薇不吭氣。

「對齊莫謀，你知道些什麼底細？」狄警官問。

「非常少。」她說。

「你怎樣認識他的？」

「我已經忘記了，我想是什麼聚會上有人介紹給我的，也許是皇甫先生的聚會。」

「皇甫先生的盛大宴會你都參加？」

「有時候。」

「你怎麼能都進得去呢？」

「我是被正式邀請的。」

「是什麼人請的你？」

「皇甫先生——或是皇甫太太。」

「有時候是皇甫先生邀請你的？」

「是的。」

「也是父親對女兒的喜歡？」

「他——他是喜歡能把環境變生動一點的人。」

「你，能把環境變生動一點，是嗎？」

「我盡自己的力量。」

「於是就碰到了齊莫謀？」

「也許是這樣碰到的，我不知道，我也記不得了。」

「你記不起來，第一次見他是什麼時候？」

「記不起來。」

「大概認識多久了？」

「也記不起來。」

「他什麼時候帶你出去吃的飯？」

「哪一次？」

「喔，不止一次，是嗎？」

「是的。」

「多少次？」

「好多次，記不起了。」

「好得很，我們也越來越有進步了。」善樓說：「你告訴我，齊莫謀做什麼的？靠什麼吃飯的？」

「他退休了。」

「他做些什麼消遣呢？怎樣消磨光陰？排遣煩惱？」

「我不知道。」

「和你在一起的時候，都說些什麼？」

「說不上來，我們談的範圍很廣。」

「談到性？」

「我說過，他沒有。」

「怎樣可以弄鈔票？」

「我想他鈔票夠多的。」

「藝術？」

「是的，他對藝術有興趣。」

「珠寶？首飾？」

「他對值錢的寶石有興趣，但是首飾倒不見得。」

「有沒有特別對哪一門藝術熱衷？」

「沒有熱衷於哪一門，他喜歡美。」

「他把你也列在這一類裡面嗎？」善樓問。

「沒，至少沒有表示出來。」

「但是他看著你，欣賞你，是嗎？」

「我怎麼會知道他欣賞不欣賞？」

「但是，你儘量和他合作，是嗎？」善樓說：「你要知道，我們照樣可以因為這件事使你下不了台。哈小姐，你該和我們儘量合作呀。」

「合作什麼？」

「從有關齊莫謀的一切開始，你有沒有給過他鈔票？」善樓問。

「我給他鈔票！我為什麼要給他鈔票？沒有。」

「好，」善樓說：「他有沒有給你鈔票？」

她猶豫了。

「記住。」善樓說：「我們是有辦法查出這種事來的。我們可以用傳票喚他銀行——」

「他給我一張支票，一千元。」

「嗯，有意思，有意思。」善樓搓著他自己兩隻手說：「我們現在有點進步了。」

「沒有，沒有什麼進步。」她生氣地說：「這只是一筆……一筆借款。」

「為什麼？」

「我需要點東西。我要買衣服，我的車款還沒付完。」

「真有意思。」善樓說。

「我希望你不要老說這一句話。」她不高興地說：「你不會說別的話嗎？你說得我神經過敏了。」

善樓笑著說：「雪薇，你生氣了。千萬別那樣。你不會做任何喪失我們的友誼關係吧。」

「去你的友誼——」

「嘖，嘖，」善樓說：「雪薇，你會需要的。」

「我為什麼需要笨警察的友誼？」

「第一，我不是個笨警察；第二，你和你的朋友太有意思了。你的朋友老到可以做你父親；你和他出去吃飯，討論藝術，你們沒有共同愛好，他不把你當女人，把你當吃飯同伴和談論藝術同伴。你記不起來什麼時候初次見他，也不知道在哪裡初次見他——只是偶然見面——這傢伙開出張千元支票。一個女人有這樣一位朋友，還有什麼好怨的？」

哈雪薇指向我說：「這傢伙在這件事裡，幹什麼的？」

「哪個傢伙？」

「這個賴唐諾。」

「沒什麼。我們只是把他帶在身邊，使他沒機會在外面亂搗蛋。」善樓說：「要知道，我實在不放心放鬆他一步。一有機會這傢伙準會亂動腦筋。」

她說：「假如給我知道你們來問三問四是唐諾的關係，我……我會有好多話要講。」

「有意思。」善樓說：「雪薇，好多什麼話要講？」

「今天要講的都講完了。」

「守泰，你有什麼意見？」善樓說。

「我認為我們要好好查對一下。」狄警官說。

「我也有同感。」善樓說：「雪薇，把你東西整整好，我們要去個地方。」

「什麼地方去？」

「兜兜風。」

「你不能想要我去總局問我問題就來請我。我另有約會了。」

「那豈不太糟了，有一個人只能空等了——但是世事本來如此，聚散無常，適者生存。你反正要跟我們兜風了。」

雪薇看向我，說道：「我總有一個感覺，這件事是你引起來的。假如真是如此，我說好的，我要——」

她自動停下，威脅地看著我。

「你要怎麼樣？」善樓問。

「沒怎麼樣。」她說。

「我認為他們兩個之間有什麼默契。」狄警官說：「我們該深入調查一下。」

「我也如此想，」善樓說：「我們走的方向是對的。雪薇，你準備一下吧。」

她走向臥室。

善樓站起來跟在她後面。

「裡面是閨房，警官。」她生氣地說：「要我準備出去，你就得在外面等候。」

「你只要加件外套就可以了。」善樓說：「我這種紳士還可能幫你披上。」

「你怎麼能知道我要什麼？」

「我只要看看你，就知道了。」善樓說。

他幫她穿上外套。她選頂帽子在鏡子前戴好。

「走罷。」善樓說。

我們一起乘電梯下去，坐進警車。

過了一陣，哈雪薇說：「這不是去總局的方向呀。」

「什麼人說去總局來著？」狄警官說。

「你說我們不是——你們除了把我帶回總局之外，沒有權利把我帶到任何地方去。」

「我們要去拜訪你的朋友齊莫謀。」善樓告訴她：「我們要查證一下他給你的一千元支票。」

「是的，」狄警官說：「我們現在在調查另一件罪案。」

「什麼罪案？」

「資助少年罪犯。」善樓說

「好笑。」她說：「我今年二十四歲。再說我見到齊莫謀之前十年已經脫離少年期了。」

「我們見得太多了。」狄警官說：「女人真不容易猜年齡。經常我們突擊一個酒吧，十三、十四歲的女孩子在裡面喝酒，她們都自稱二十歲了，誰也沒有權利來管她們愛做什麼了。」

「你說得不錯，」善樓說：「拿這位小姐來說，她也許自己說十九或超過二十歲了，但是誰知道。守泰，你看她多少歲？」

「喔，」狄警官說：「最多看她個十八歲吧，我幾乎可以確定的。」

「但是，她自己說不止這個年齡呀。」善樓說。

「當然，她要說大一點，那是因為我們正在查這件事呀。男人佔她們便宜，她們越來越精，所以──」

雪薇說：「有機會，我就吐你們兩個一臉口水。」

善樓大笑道：「怪不得大家不敢討論女人的年齡。守泰，再過十年，你要是少看這個女人五歲，她會滿臉春光，給你大大的微笑。但是小女孩就是不能提起她小來，她要做大姐。」

雪薇氣得說不出話來。在喉嚨裡咕嚕了一下。

善樓說：「對不起，雪薇。我沒聽清楚你說什麼。但是最好不是我想像中聽到的那句話，那句話太粗了。」

哈雪薇緊閉了嘴唇，坐著不吭氣。

警官又開了五分鐘左右車，慢慢靠邊在齊莫謀家門口停下。

狄警官問：「準備怎麼樣？所有人都進去嗎？」

「一起進去。」善樓做決定。

我們全離開汽車，鴨子一樣無秩序地經過人行道，走向房子。

宓善樓按房子的門鈴。

過不多久，齊莫謀出來開門。

「警察。」善樓說：「我們要和你談談──」

齊莫謀經過人群看到站到後面的我，他搶著說：「這把戲要玩多久？這是今天第二次──這個說謊狗娘養的，帶警察來這裡了。我說過，我一輩子從來也沒有見過這個人。」

「從來沒有？」善樓問。

「一輩子，從來沒有。」

「連第一次警察帶我來，你也沒見到我？」我問。

「你自以為聰明的小傢伙，你壞蛋，你死不服氣的──」齊莫謀自己突然停下來。

善樓說：「對一個從來沒有見過面的人來說，你對他的認識倒是蠻多的。你看看這位年輕女士。你認識她嗎？」

狄警官把哈雪薇推向前面。她一直像我一樣，躲在後面。

「我告訴過你們，」雪薇說：「我只——」

狄警官從後面把手臂撓過她脖子，摀住她嘴巴說：「閉嘴，現在是姓齊的講話，你給我們休息休息。」

「我……我想這是哈小姐。」齊莫謀說。眨眨他的眼：「這裡我看不太清楚。好像是——」

「沒關係。」善樓說：「我們反正要進去，裡面燈光亮得多。」

善樓推開他向前進。狄警官把手移下來牢牢牽住哈雪薇的手臂。

我開始要走進門去，突然在階梯最上一層顛躓了一下，一隻膝蓋跪下，試著想平衡自己，側身倒了下來，雙手抱住著地的膝蓋，呻吟起來。

「起來，起來，」善樓回頭叫道：「跟我們進來，唐諾。」

我用一隻膝蓋撐著地，爬過去依著門廊柱子上爬滿的常春藤乾嘔起來。

齊莫謀高聲說：「我有權知道你們闖到我這裡來做什麼？」

「起來！」善樓怒聲吼說：「快點站起來，唐諾。你耽誤一分鐘，這傢伙就多一分鐘來想。」

「不行，我想吐，我控制不住。」我說。

「我看他是裝的。」狄警官說：「他在製造機會讓姓齊的多想一想。」

姓齊的說：「我為什麼要機會多想一想？」

善樓用力把齊莫謀拉進屋子，說道：「老狄，把雪薇帶進來，回頭你再來帶唐諾好了。」

他們匆匆都進入屋子去。我伸手找到我藏在常春藤裡的玉菩薩。把玉菩薩塞進上衣口袋，我笨手笨腳的半爬進門去。

狄警官出來，垂手伸進我腋下，幫助我站直，用膝蓋向我背部脊椎骨頂了一下。「進去，你這個渾蛋。」他說：「越是緊要關頭，你偏要來這麼一手。」

「我沒辦法呀。」我含糊地說。

「進去！」

「我真的想吐。」

「吐就吐在這傢伙地毯上好了。干我們屁事。」他說：「走。」

齊莫謀試著拖延時間。善樓決心不給他任何時間。

「好了，姓齊的。」善樓說：「你和哈雪薇到底有什麼關係？」

雪薇說：「莫謀，我告訴他們——」

又一次狄警官抓住她上臂，用一隻手做著摀她嘴的動作。

「由我們負責說話。」善樓對雪薇說：「你再開一次口，今晚讓你睡到拘留所去。現在，姓齊的，由你來說話。我們時間不多，不會給你時間說故事。一切要老實說。」

齊莫謀說：「我認識這位年輕女士，如此而已。我見過她——」

「你為什麼給她一張一千元的支票？照你口氣你們關係不過如此呀。」善樓問。

齊莫謀眨眨眼睛，敵意地說：「誰說我給她一千元的支票？」

善樓上前一步，把自己臉孔湊到齊莫謀臉前六吋的地方，說道：「我說你給了她一千元支票！」

齊莫謀試著給雪薇做個暗示，但是善樓老隔在他們中間。「說，」他說：「快說。」

「她有個朋友需要一千元。」齊說：「這位朋友願意賣一件藝術品給我，我相信可以轉手賣出去也賺點錢——我可以確定一千元是便宜的。雪薇是中間人，她說一切由她負責，但是我告訴過她，貨到手，才可以把支票付出去。」

「貨到她手了嗎？」

「我不認為如此。至少我沒聽到她提起。你要問她才行。」

「是件什麼藝術品？」善樓問。

「一件玉器。是玉雕藝術品。照她形容是非常精美的……東方中國的精品。她說她可以一千元到手。她的朋友願意賣掉，因為她急需錢用。」

「她有沒有說她朋友是誰？」

「沒有。」

「是不是皇甫菲麗？」

「她沒有提，我也沒有問。」

「你對於皇甫幼田所有的兩尊玉菩薩有認識嗎？」

「沒有。」

「你會不會想到這可能是兩尊玉菩薩當中的一尊？」

「我的確無法回答你這個問題。因為我根本沒有見到這玉器。她告訴我她朋友說這玉器在她家已很久。她朋友決心不要了。她說她朋友急需鈔票；她要一千元，雪薇說可以幫她賣一千元。」

「你兜來兜去就是這幾句話，是存心在耗時間，想找更好的故事來搪塞。」

善樓說：「你說，雪薇把錢轉交給她朋友了嗎？」

「沒有拿到玉器，她不會把錢拿出去的。當然，除非她不肯聽我給她的建議。實在我對她瞭解也不深。假如她是在戀愛，她當然會犧牲我這個老齊莫謀而保護她男朋友。這種年齡的女人什麼都做得出來。」

「你多久之前給她的一千元支票？記住，我們會去調查的。支票是很容易追查的。」

「應該是……三四個星期之前的事。」

兩位警官，四隻眼睛用冷酷執法的眼神盯住了齊莫謀的臉。他們的注意力全在他臉色變化，說話聲音和水汪汪謙和的眼睛上。周圍發生的任何事，暫時他們都注意不到。

我溜近辦公桌一步，辦公桌後有一隻印了浮雕花紋的皮製廢紙簍，簍裡有半滿的廢紙，我把玉菩薩自口袋摸出，輕落在廢紙簍裡廢紙的上面。

「就因為她一句話，你就付出一千元來？」善樓說。

「是的，我信任她的誠實。」

「你給她這一千元之前，認識她多久了？」

「不太久，我告訴過你們，我對她認識不深。」

「有這樣件玉器，她為什麼找你呢？」

「我正好遇見了她。」

「你在哪裡遇見她的？」

他向雪薇看去，希望得到點暗示。善樓抓住他肩頭，把他轉回來。

「是她來找我的。她聽說我對藝術品有興趣。她問我有沒有興趣花一千元換一件好古董，很漂亮的玉雕品……」

「這是你第一次遇到她？」

「這是我第一次遇到她。」

「你告訴她你肯花這筆錢？」

「是的。」

「你給了她這一千元？」

「是的。」

「沒有再要求詳細形容一下玉雕是雕的什麼圖案——你就給一個從未見過面的女人一千元……算了，姓齊的，這是說不通的。我們知道你們相約外出過。你請她出去不止一次一起吃晚飯——」

「那是一千元之後的事。」

「不是之前？」善樓問：「你仔細想一想，因為你馬上會發現，這件事你的情況是非常不利的。」

「我想不出來，我給你們弄緊張了。」齊莫謀說：「我──」

「出去吃飯應該在給一千元之前，是嗎？」善樓問。

「是的。」莫謀說。

「這才像話。現在，你可以告訴我們真的故事了。」

「我知道她是個藝術模特兒。」齊莫謀說：「我見過她一張畫。我打聽到她姓名，地址……我去找她。我──其實也沒什麼，我對她有興趣。」

「對她有興趣，嗯？」善樓說：「有進展嗎？」

「這是很窘人的問題，」莫謀回答。

雪薇半呼的聲音才自喉頭出來，就給狄警官的手搗上了嘴巴，聲音變成野獸激怒的低吼。

「我給她一千元。」齊說完他的話。

「為了那塊玉？」

「為了那位願意賣件玉器給我的朋友。她說她會把玉器負責交給我。我信任她。我也是利用這一千元交易，使我們友誼有進步。」

「多少進步？」

「很多進步——我相信和玉器的成交有關聯。」

善樓向狄警官點點頭。狄把搗在雪薇面前的手放下。

「你狗娘養的騙人精！」哈雪薇向齊莫謀大叫道：「我又不是小孩，你想佔我便宜那是門也沒有。你說服我，要我從皇甫的收藏裡把玉菩薩拿出來，一千元一尊。是我交給你第一尊之後，你交給我一千元的。我本來可以兩尊一起拿來的，但是皇甫把兩尊分開放，第二尊鎖在保險箱裡了。」

「我也要說有意思了。」狄警官說：「太家坐下來，慢慢來，舒服一點。」

他自己找了張椅子坐下。

「是有意思。」善樓說，臉上露出笑容。

「這話太虛構了。」齊莫謀嚴肅地說：「既然你們決心來誣陷人，我想我有權立即和我律師聯絡的。」

「你反對我們在這裡隨便看看嗎？」

「看什麼？」

「看看你有沒有已經拿到一個玉菩薩了。」

「我可以保證我絕對沒有這一類東西。」

「這保險箱如何，打開看看好嗎？」

「這保險箱是有時間鎖的。明天早上九點鐘之前，我自己也無法打開。這是防止小偷用的，沒別的意思。」

「明天早上九點鐘之前我們來等著一起打開看看可以嗎？」

「我……我可以保證，裡面絕對沒有你講的玉菩薩。」

「我們看看這裡其他地方，可以嗎？」善樓說。

「我不反對你隨便看。」齊莫謀說：「我保證你們想歪了。隨便你們搜，也不會有任何結果的。」

善樓移動到辦公桌邊上來。

「我沒有什麼要藏匿的。」齊說：「但是我知道你們這樣做是不合法的——你們沒有搜索狀。」

「我們認為有不少收穫了。守泰，是不是。」善樓說：「把抽屜打開，我們來看一看。」

「要開你自己開。」齊說：「我再說一次，你沒有搜索狀。」

「要搜索狀還不容易。」善樓告訴他：「就憑剛才你對我說的，我就可以申請一張。」

「不見得，我不相信。」

善樓看著狄警官，眉頭皺在一起。

狄警官看著雪薇。

突然，雪薇從齊莫謀那裡得到了暗示，把嘴唇閉緊一聲不吭。

「等一下，不要亂，我們先想一想。」善樓說：「小不點說早些時他來過這地方，然後我們知道他被毒打一頓……他是在找什麼東西……他找錯方向了。他認為雪薇是——再想一想，唐諾不會這樣笨。他……他是有目的來這裡的。」

「所以才被修理。」狄說。

「這一點是沒問題的。」善樓告訴他：「一切合理。」

「我不知道你講的事。這些事和我沒關係。我從來沒有見過這個人。」齊莫謀說。

「有兩個警官把這個人帶到這裡來過？」善樓問。

「是的。」

「你告訴過他們，你從來沒有見過這個人？」

「是的。」

「所以，」善樓對狄警官說：「他知道他免不了牽進去了。他爭取到了一個到一個半小時時間。看來在這個地方，我們是找不到任何有罪證據了。」

「我可以向你保證不會找到什麼東西的。不過不是因為你所形容的我把東西清理掉了，而是本來就沒有東西。」齊莫謀說。

善樓在辦公室踱步看著。

齊莫謀，現在對自己立場已經清楚了，說道：「沒有搜索狀是不行的，警官。」

「我可以打電話進去，請人送搜索狀來。我們兩個人會等在這裡，不准你動任何東西。」善樓說。

齊莫謀說：「電話在桌子上，借給你打，免費。憑你現有的資料，我不相信你中請得到搜索狀。」

善樓一腳把廢紙簍踢到外面來說道：「呀，我最近走路真不小心，時常踢倒東西。」又加一句道：「噢，看來自從你知道有人在找你麻煩之後，你清理了不少檔案，是嗎？」

他向下看這些撕碎了的信件，團皺了的信封，突然，有件東西吸引了他眼神。他伸手進廢紙簍，在裡面撈了一圈，抓住了玉菩薩，拿上來，他說：「嗯嘿，真有意思，真有意思！」

齊莫謀凝視著玉菩薩，有如見到了鬼。

「栽贓！」他大叫道：「栽贓！是你帶進來的。這是你們帶進來栽在那裡的！這——」

他的聲音慢慢小成無聲。

「有意思，」善樓說：「你說這是栽贓？你可以向法官去說——我敢和你打賭，這是皇甫家失竊的玉菩薩。」

雪薇突然站起來。「你這個騙人的渾蛋！」她尖叫道：「你告訴我已經處理掉了。你在電話說所有證據都消除掉了——」

「閉嘴！」齊莫謀大叫。聲音裡充滿了狠毒，雪薇嚇得突然真的閉嘴。

「沒有關係了。」善樓向他們兩個笑笑說：「我們不需要你們說話了。你們在搞什麼鬼，我們都知道了。」

善樓拿起電話，做個謝謝剛才齊莫謀邀請免費打電話的表情，撥通總局。

「我是宓善樓警官。」他說：「我現在在卡爾頓道六二八六，一個叫齊莫謀的家裡。我認為這傢伙是個收贓者……我們已經在他廢紙簍裡發現了一尊玉菩薩。是一個翡翠玉雕，額頭有顆紅寶石的。我相信是皇甫收藏中失竊的那一尊。

「狄守泰和我在一起。我要就近的巡邏車立即來支援把這地方封起來。我自己立刻要回來。我要帶回一個叫雪薇的女郎和另外一個姓賴的私家偵探。玉菩薩鑑定是贓物後我要立即申請搜索狀。我要請你們通知皇甫太太，隨時準備認贓……你都記下來了？好，一切準備好。我要這地方完全封死，直到我拿了搜索狀回來搜。我相信我們破了皇甫謀殺案，也破了皇甫失竊案。」

善樓轉向狄警官說：「我再出去用車上無線電呼叫附近的警車，看哪一輛先來。你指定個警察看住這傢伙，必要時可以用手銬銬住他，也可以用持有贓物名義收押他，免得他搞鬼。」

齊莫謀，臉都變綠了。「皇甫謀殺案。」他說：「老天！」

善樓對雪薇說：「你跟我回去，妹子。」

他把大拇指向我一翹，說道：「賴，我們外面等。守泰，裡面交給你。一二分鐘之內支援應該會到。」

第十九章　橄欖球

巡邏車到達，屋內一切如善樓的意思辦妥後，我們站在路旁，我低聲向善樓說道：「我認為你詢問哈雪薇的時候，把我帶在身邊，我可以幫你點忙。」

「幫我什麼？」他問。

「問哈雪薇呀。」我低聲說。

他把頭向後一仰，哈哈大笑，他說：「聽著，小不點，不要自作聰明了，你的合夥人，柯白莎，為了爭取生意，一再說你是個有腦筋的雜種，事實上那只是噱頭，千萬不要讓宣傳衝昏了你的頭。」

「你的意思你不再需要我了？」

「你的任何一部份我都不需要了，滾你的吧，滾回家去——不，我還有更好的建議。」

「什麼？」我問。

「我要給你最好的建議，」他說：「你知道什麼地方還有開著的藥房嗎？」

「當然，時間雖然晚了，二十四小時開門的藥房當然到處都有。」

「好吧，」他說：「找家藥房，買兩包浴用白礬。」

「又如何？」

「回家，把白礬放在洗臉盆裡，用熱水泡開，把你腦袋泡進去，泡到見得人為止。」他自己被自己說得哈哈大笑。

就這樣，善樓走兩步面向哈雪薇，他心情好得出奇。「好了，妹子呀。」他說：「我們走。」

他自己爬進駕駛座，從車裡把前座右側門打開，示意雪薇自己繞車頭坐進前座去，雪薇把車門關上，善樓才把自己一側的車門碰上。「滾吧！滾得遠遠的，小不點。」他說。

我看到過三條街之外有一家加油站，我向那方向走去，行動使我很痛苦，我用公司信用卡向加油站職員兌了幾個硬幣好打電話給白莎。

「你這死人在哪裡呀？」白莎問。

「我在卡爾頓道五八〇〇地段，一個加油站，白莎。」

「在那地方幹什麼？」

「有困難。」

「你總是自己去找困難，這次又是怎麼啦？」

「兩個壞蛋把公司車偷去。」

「什麼意思他們把公司車偷去了？」

「就是這意思。」

「有人要這輛車，有什麼用？」

「他們不是要這輛車，他們是要我動彈不得，我需要輛車子，我還有地方要去，我被修理得很慘。」

「又被修理了？」

「是的。」

「你說你在哪裡？」

「卡爾頓道和五十八街交叉口。」

「好吧，」白莎說：「我就來。」

「我身上有不少血。」我說：「我在辦公室有一個箱子備用的，假如你順道把箱子帶來，我就有衣服可換了。」

「好吧，」白莎不高興地說：「我順道走一次，給你帶來，唐諾，要是世界上真有轉世理論的話，你上一輩子一定是顆橄欖球。」

「也許是練拳擊的皮袋轉世。」我說，把電話掛上。

我打電話給皇甫菲麗說：「警察馬上會找你，要你辨認一尊玉菩薩，是不是那天晚上失竊那一尊，你儘管依規定辨認，但是除此之外儘量少開口，告訴他們你在等我，就說我已經打電話說在路上了，一定不要忘了告訴他們這一點。

「警察走了之後，不論什麼原因不要外出，留在家裡等我來——不論我多晚來，你等著。」

我不等她問問題或辯論，說完話立即把電話掛了。

半小時之後，柯白莎才趕到。

她說：「老天，看你像個什麼樣。」

「我告訴過你的，箱子帶來了嗎？」

「有。」

「你有錢嗎？」

「什麼意思？」

我說：「我的給搶走了。」

「唐諾，」白莎說：「你是有權可以帶槍的，你的執照准許你帶槍，你為什麼不帶支槍，而老讓別人修理你呢？」

「槍，」我說：「要六十到七十五元一支——一支我認為可以佩用的好槍。」

「你為什麼不去買一支呢？但是你千萬別認為可以在公款開支，這是為你個人保護的，你可以先借公款來買。」

我說：「買了槍每次有人修理我就把槍拿走，光買槍就叫我破產了。」

「一點不錯。」白莎同意，一點同情心沒有說：「現在你要一輛車，我怎麼回我的公寓呢？」

「這裡有電話，」我說：「我馬上去換衣服，你可以叫輛計程車。」

「叫輛計程車！你——你認為我是誰？」

「叫輛計程車，」我說：「記皇甫夫人的帳上，假如你不叫，我可以替你打電話，也可以把車費給你付好，但是我需要一點鈔票。」

白莎把皮包拿出來，吝嗇地數出五元錢，她說：「這些可以維持你到明天早上不會有問題……你怎麼想出來的，把我當你司機，半夜三更開了車亂跑，公司車怎麼辦？」

「明天早上警察一定會找到的。」我說：「也許會早一點，他們會問我什麼意思把車停在消防栓前面。」

「你想他們會把車子停在消防栓前面？」她問。

「絕對的。」

「你真會做奇奇怪怪的事情。」白莎咕嚕著，非常不願意地把自己擠進電話亭去打電話。

我把衣箱帶進盥洗室，換了衣服，把臉上乾血擦掉，在彎彎扭扭的鏡子裡觀察自己腫起來的臉。

我換好衣服出來的時候，白莎已經搭計程車走了。加油站服務員對我很關心。「你一定是碰到車禍了。」他問。

「是的。」

「你的車怎麼啦？」

「全撞散了。」我說。

我查看一下白莎車的油錶，油箱是半滿的。

我開車回到卡爾頓道，經過齊莫謀房子的時候，我從車中向外望，房子前面有一輛警車停著，相信警察們還看守著齊莫謀，等候宓警官檢定好玉菩薩，帶搜索狀來搜查這個地方。

我向前進半條街的距離，把車停妥。

仔細一想我就能明白了，當我在和齊莫謀談話的時候，他只是假裝聽到了後面房子有電話鈴響，真正發生的事是他用電話通知他那兩個打手，前來對付我。

既然如此，他指揮的兩個人一定住在附近，時間上不允許他們從更遠的地方過來，我又想像他們一定會注意事情的變化，會不斷觀察這房子，所以我把每一輛通過卡爾頓道汽車的牌照號都給它記下來，預備找重複來回的。

一輛車過來，在他通過齊莫謀家前面的時候，慢了下來。

我把車子開出路邊，跟上去，在四條街之後接近上去，是一輛新型轎車，車牌號ＮＦＥ七九九，兩個人在前座，兩個都是大個子，坐在駕駛盤後面的，我確信是在踢我肋骨的時候，被我抓住小腿，把他絆倒在地的那隻猩猩。

他們在五十四街右轉，我跟著在五十三街右轉，又立即迴轉，很快回到剛才停車的地方，停車，等候。

五分鐘之後，同一輛車又開過這裡，我又再次跟蹤它，這次他們開進一個加油站停了下來，大猩猩走出來，走進一個電話亭。

我把車停在半條街之外。

兩分鐘之後大個子自電話亭出來，跳進車裡，兩個人很快把車開走，我跟在後面，冒個險，盡量接近。

他們連續右轉了三次，又開到卡爾頓道，在卡爾頓道他們左轉向六十一街方向前進，在六十一街上他們左轉進入一個私人車道。

我記住那所在，沿六十一街下去二條街，把車迴轉，沿六十一街回來。

他們的車還在車道上，兩個人在一個平房的門前，過不了半分鐘，兩人進入平房，屋裡燈光亮起。

我把車停妥，偷偷向停在車道的汽車走去。

我帶上手套，試試車門，車門沒有鎖。

我用一支鋼筆電筒，看車子裡面。

登記的車主姓名是封來利，地址是六十一街九六一一號。

我打開手套箱，裡面有一瓶威士忌，三分之一滿。

我用帶了手套的手抓住瓶子的頸部，把瓶子拿出來，把手套箱關上，把車門輕輕也關上，走向白莎的汽車，把瓶裡剩下的餘酒全部倒入水溝，把空酒瓶極小心地放在汽車坐墊上，我用一根繩子綁在酒瓶口上，這樣我可以拎著瓶子走不會弄亂瓶子上假如有的指紋，我開車回我的公寓。

拎著繫在瓶口上的繩子，我走進我公寓，開始把自己住的公寓弄亂，我把抽屜都抽出來，把抽屜東西倒在地上，把櫃子裡東西都拋出來，衣架上衣服拿下來，口袋翻出來，把床罩拉掉，被單扯開，床墊翻過來，把這地方弄得面目全非後，我開車到皇甫公寓附近一家藥房。

我打電話給皇甫菲麗。「把通屋頂公寓的電梯安排好使我可以自己上來，」我說：「我不願意給公寓職員看到我進來，我會溜過他，請你確定我一上來就自己可以換電梯，把一切準備好，我就來。」

我來到公寓大廈，在附近等候，一批好像住在大廈裡的人自外面回家，我計算好時間，在他們進門時跟在他們後面，走在最後的男人看見我想進去，替我把門扶著。

我謝謝他，摸出一支香菸，向他借個火，跟他走向電梯，我把自己躲在他身體的另一側，儘量不使值夜的櫃檯職員見到我面孔。

這些人在十五層都出了電梯，我到二十層。

二十層上皇甫家的接待室門開著。

我按隱藏的鈕，電梯自上層放下，把我帶上屋頂公寓。

菲麗在等著我。

「這裡除了你還有誰嗎？」我問。

「只有我一個，」她說：「唐諾！你怎麼啦？」

「我遇到意外了。」

「什麼樣的意外？」

「有人以為我是橄欖球。」我說：「花了很多時間才說服他們我不是的。」

「唐諾，你該去醫院掛急診。」

「急診醫生應該住在我家裡的。」我試著為自己說的話笑一笑，但是由於臉實在腫得太厲害了，所以沒笑成。

「什麼時候了？」我問。

她看看手錶：「十二點二十分。」

我搖搖頭。

「怎麼啦？」她問。

「十一點二十分。」我說。

「唐諾，到底怎麼啦？」

我說：「你的錶快了，現在是十一點二十分。」

「唐諾，不可能，我一直在看電視……我知道我錶沒快。」

「我進來的時候是十一點二十分。」我說。

她凝視我的臉，然後笑著說：「好吧，現在可以告訴我，你臉是怎麼弄成這樣子的吧？」

「我看我們有進步了。」我說。

「哪一方面？」

「我想警察快要破案了。」

「警察？」

「當然是警察。」我說：「你幾時見過警察肯承認案子是別的人代他破的，幹我們這一行，這一點座右銘必須牢記於心的……有沒有人打電話到這裡找我？」

「沒有。」

「我合夥人柯白莎，也沒有打電話到這裡找我？」

她搖搖頭。

我說：「我想我們總算是——」電話鈴響。

我對菲麗點點頭。

「假如有人找你，我怎麼辦？」她問。

「就說我在這裡。」

她接電話，轉向我說：「是你合夥人柯太太，她要你立即聽電話，她說是火急的。」

我過去拿起電話，白莎說：「唐諾，宓善樓馬上要見你。」

「在哪裡？」

「總局，他要你立即給他打電話，要我找你馬上向他報到。」

我說：「好的，白莎，我來辦。」

白莎說：「希望你知道你在幹什麼，唐諾，善樓好像有點激動，找到了什麼新東西似的。」

「這是他的老毛病了。」我告訴她：「我馬上找他。」

我掛上電話，向菲麗說：「這下真是警察找我了。」我撥警察總局的電話。我請總機接兇殺組，是宓善樓來接電話。

善樓說：「唐諾，你在什麼地方？」

「在皇甫公寓裡訪問我的客戶。」

「在那裡多久啦？」

「大概一個小時吧。」我說：「有什麼事嗎？」

「我要你。」

「你要過我了呀。」我說：「是你叫我滾的，記得嗎？所以我就滾了。」

「現在我又要找你了。」

「我在這裡。」我說。

「好吧，我就來。」善樓說：「告訴姓皇甫的女人把電梯放好在樓下等我，不要來無聊的那一套，否則我把那地方剷平了……我認為你又玩了一個花樣，小不點，假如真是如此，我個人保證把你撕成粉碎，讓你學一點一生不會再忘記的教訓。」

我一本正經地說：「要不是兩個壞蛋把我修理得那麼慘，你敢這樣威脅我嗎？」

善樓為之語結，好像被電話線扼住喉嚨了。

我把電話掛斷。

皇甫菲麗一直在聽我們的對白，緊張地看著我。「怎麼回事，唐諾？」她問：「警察對你不太好？」

「我一直和警察不太搞得來。」我告訴她：「這是天生的，慢性的，宓善樓馬上來這裡，可能會有人和他一起來，他要直接上來，沒有阻礙，你最好通知樓下櫃檯不要問三問四，而且請樓下派個小弟伴他上來，免得有電梯的困擾。」

「唐諾，他們這樣半夜三更想來就來，我一定要見他們嗎？」

「今晚要見。」我說。

「唐諾，我這裡有點現成的金縷梅樹枝，我剛才決定泡一點熱水給你臉做熱敷，我不希望有人這時候來打擾。」

「好極了。」我告訴她：「這概念不錯，多弄點毛巾出來，好像你已經替我敷了一小時的臉了，等一下有機會的時候，你不妨指責一下善樓，就說警察真是沒有用，竟讓一個付稅的公民被人打傷而無法保護。」

「他會惱羞成怒嗎？」

「當然，」我說：「他會對你很生氣，我們愈是弄得他生氣，他就愈是沒有辦法集中對付我們任何一個人。」

「他現在已經在生氣你一件什麼事了，是嗎？」

「生氣一件事，是有的。」我說：「但是，這一次他真正生氣的是我個人。」

第二十章　酒瓶上的指紋

警察決心要快快到達一個地方是不難的。他們在生氣，非常生氣，令人害怕。

「不錯，不錯。」狄警官一面走進來，一面看到這場面說道：「好一個家居享受——賴，你的客戶常給你做急救工作，是嗎？」

「這是一次意外的享受。」我說。

「好了，少給我饒舌，也不要再管你這張臉了。坐起來，我們有話問你。」

菲麗鸞身替我把臉上泡了藥的熱毛巾一條條拿開，我在長沙發上坐直。

「賴唐諾，」善樓說：「我對你公司一直很友善，我知道你是個鬼計多端的雜種，但是我一直在對第一次和你對陣的狄警官說你的優點，我說你會玩鬼，但從不說謊，我說你只要答允別人的就一定辦到，絕不騙人。」

「這次我有說謊嗎？還是騙人了？」我問。

狄警官說：「哈雪薇什麼都招了。」

「好呀，」我說：「我覺得她應該招的。」

「慢一點，」他說：「她招的……和你告訴我們的正好是一百八十度的不同。老天！你是知道的，齊莫謀想要那兩尊玉菩薩，叫哈雪薇去拿，她拿到了一尊給他，所以他給她一千元支票，她要去拿另一尊，他也會再給她一千元。」

「天哪！」我用盡一切表情來表現自己的無知和突然明白過來，我說：「你的意思原來哈雪薇不是主腦，主腦是齊莫謀，哈雪薇不過是他的工具？」

「是的，」善樓不齒地接嘴道：「現在，我們要說到真正，真正，很有意思的一件事了。」

「什麼？」我說。

「齊莫謀跳得火冒三丈，他說廢紙簍裡的玉菩薩一定是你塞進去栽贓於他的，他說你一定是一開始藏在門廊什麼地方，在進來的時候你假裝不舒服，拿了它帶進屋裡來，趁大家不注意的時候拋進廢紙簍裡去的。

「我回想起來，也想起你曾站在廢紙簍的附近，而且我當時的確聽到悶悶的一聲，帶點紙張的沙沙聲，就好像一尊玉菩薩落進廢紙簍的聲音。

「齊莫謀說最後一次宴會所失竊的一尊玉菩薩，你早已找到，而且在你手裡，你故意把你手裡的一尊拋在他家裡，偽稱是三個禮拜之前失竊的那一尊，現在他要請律師控告我們非法逮捕，惡性故意迫害，栽贓誣陷和其他的。

「這狗娘養的想不到政治背景和後台硬得很，警察局長要我和守泰明天早上九點鐘去他辦公室面報，這怎麼得了。」

我說：「當然，齊莫謀為要脫罪，一定要把事情推到別人頭上——你們兩位大人運氣真好，竟帶了我一起去，要不然他豈不推在你們頭上，說玉菩薩是你們栽的贓。」

「要找出答案也不困難，」善樓說：「而且非常簡單，哈雪薇承認東西是她偷了放在白禮南照相機裡，但是給你先拿到手了。」

我一分鐘不說話，他們兩個站在那裡盯住了我責怪地看著我。

善樓說：「我們要你從照相機裡拿出來的那一尊玉菩薩，而且現在就要，你交得出來，我們就有話對齊莫謀說，我們就能把這件案子聯貫起來，否則，齊莫謀和他律師會笑我們給你耍了，我們也跟了你慘。」

「假如這真是你搞的鬼，」狄警官狠狠地說：「我會親自招呼你，這一次我要叫全世界的熱毛巾敷到你臉上，你的臉也永遠還原不到老樣子——絕不吹牛！」

我嘆口氣，說道：「我不懂你們警察為什麼對有背景的壞蛋放個屁相信到這種程度，我想假如我不在場，齊莫謀說是狄警官栽的贓，你忞善樓會不會相信他？但是因為他指控的是我，你半夜三更追到這個地方來……好吧，我們一起去拿我保管的玉菩薩。」

「在哪裡？」

「在我公寓裡。」

「去吧。」善樓說。

「其實我可以明天一早——」

「我說我們現在走。」善樓說。

我站起來，一面把襯衣領口扣起，向菲麗說道：「老闆說要我現在走。」

「我聽到他說的了。」她說：「唐諾，你能走得動嗎？」

「喔，當然。」我說：「我現在好得多了。」

「明天就見得到黑眼圈了。」她說。

「那倒沒關係，我經常會有黑眼圈的。」我告訴她：「目前我擔心的是可能有一根肋骨斷了，可能需要用膠布黏起來。」

「你等一下，我給你請個醫生來，唐諾，假如——」

「算了，我們要走了。」善樓說：「唐諾急著要把那尊玉菩薩交給我們。」

「等一下，」我說：「我並沒有說要把玉菩薩交給你們，這尊玉菩薩嚴格說來是皇甫夫人的財物。而且——」

「這玉菩薩是證物，你和我一樣清楚。」善樓插嘴道：「你無權扣留證物。」

「但是，」我說：「這既不是失竊之物，為什麼是證物呢？」

「你什麼意思？」

我說：「雪薇告訴我，是皇甫幼田要她拿的。」

「是嗎？」狄警官說：「她也用這個理由來搪塞我們過——但是只維持了兩分鐘。」

「有什麼辦法！——她告訴我，我相信了她。」

「去你的相信，」狄警官說：「她和你交換了一個條件，她要你支持她皇甫幼田要她取這個玉菩薩的說法；你要她不要說出來……說出來另外一件事情——」他自己停住不說下去。

善樓說：「我們最好少講話，守泰，我們快去拿那尊玉菩薩。」

狄警官怒視著向我。他說：「好的，我們就走一次這傢伙公寓，看他有沒有玉菩薩，要是十分鐘之內他拿不出來，我希望你把他交給我，警官。」

我們三個人一行走向電梯，皇甫菲麗憂慮地看著我。

「我馬上回來，」我告訴她：「不要上床，把電梯放在下面，跟櫃檯上關照一下。」

她向前幾步：「唐諾，這是進下面接待室的鑰匙，你拿到。」

「假如他拿不出玉菩薩，他不會回來，不是在醫院裡就是在牢裡過夜了。」狄警官說。

「走吧，小不點，」善樓不耐地說，伸手抓住我上衣後領，強制我快快進入電梯。

我們到了二十樓，又轉大廈電梯下樓。警車就在門口等著。

兩個警官在駛向我公寓的時候，都不開口。

我們上樓到我公寓房門口，我把門打開，自己向邊上一站，來一個日本式鞠躬。「兩位紳士請。」我說。

我把燈打開，在前面一步的他們突然停步。

「怎麼回事？」善樓說。

「怎麼啦？」我問。

他們站向一側，使跟在後面的我可以看到房裡情況。

「老天，有人偷我東西！」我叫道。

善樓和守泰交換眼神。

我快快經過他們來到一張桌子前，看向被撬開的抽屜，一臉沮喪地看向他們兩個。

「完了，被拿走了。」我說。

善樓搖搖頭：「小不點，我覺得你一定又是在出什麼花樣。」

「什麼意思我在出花樣？」我生氣地說：「我也該有點公民的權利！我的家，被人洗劫了。你們兩個吃公事飯的站在這裡，說什麼我在出花樣。因為我是個私家偵探，並不能說我一定要受你們這些氣。假如你們說我會玩花樣，就是我要告你們。是的，我要控告你們兩個人。

「不過你們兩個還有彌補的辦法，你們忘記我是個私家偵探，把這件公寓竊案偵破一下又如何？」

善樓看向狄警官。「這傢伙講的不是沒有道理。」他說：「我們弄個指紋專家來看一下。」

狄警官空洞嘲弄地笑了兩聲：「浪費更多的時間？」

「只是替自己保個險，免得事後有口舌。」

他走向電話和總局聯絡。

指紋專家到達後，我指向廚房水槽上的威士忌空瓶。

「這不是我的。」我說。

「什麼不是你的？」

「那隻酒瓶。」

「這個我相信。」善樓對狄警官說：「這小不點有女人在一起的時候會喝一兩杯，但是從來沒有爛醉過，我打賭他公寓裡從來不會有瓶裝的酒。」

他轉向指紋專家：「查一下看。」

指紋專家在瓶上刷粉。「一大堆新留的指紋。」他說。

「統統採下來。」善樓說：「再把唐諾的指紋採下來，看看是不是他自己留在上面的。」

他們取了我的指紋；他們替整個公寓刷了粉取指紋；除上瓶子上特別的指紋外，整個房子只有我和清潔婦的指紋，其他指紋一概沒有。

「這隻瓶子奇怪得很，我看是栽贓。」狄警官說。

「當然，極可能是栽贓。」善樓同意他：「但是我們照書本上程序來，尤其我們的對象是這個姓賴的傢伙。我再告訴你一次，這傢伙什麼都懂，不要留口舌。」

「他以為什麼都懂，」狄警官說：「等我再教訓他一點，他就知道要學的還多。」

「來吧，小不點。」宓警官說：「你跟我們去總局。」

「這隻酒瓶上指紋真多。」指紋專家說：「相信已經夠做指認的了。」

我說：「修理我的是兩個大人，假如他們有前科照片，我相信我指得出其中一人。」

「好吧，小不點，這一次我們一定要服侍你到沒有話說。」善樓說。

深夜一點三十分，我從一大堆前科犯照片裡，找出了一張臉來。

「這張有點像。」我告訴狄警官。

「好吧，聰明人。」他說：「我們來對一下指紋。」

十分鐘之後，狄守泰警官的態度完全不同了。

「指紋對不對？」我問。

狄警官斜著頭，慢慢搖一下，他說：「這傢伙的指紋是在酒瓶上。天知道，唐諾，也許你沒有騙人。」

我大聲鬆口氣，「還好老天有眼。」我說：「至少我們現在知道我有的一尊玉菩薩哪裡去了。」

「瓶子上還有其他指紋，」狄警官說：「我們不要半途而廢了。」

「你愛怎樣辦就怎樣辦。」我告訴他：「以我看來，我的立場是一個公寓被小偷光顧的市民，我有權要警察採取行動。」

「你會見到的，你會見到的。」狄警官說：「不要火燒屁股的樣子。」

他們讓我一個人坐在辦公室二十分鐘，然後宓善樓和狄守泰一起回進辦公室來。

「小不點，我們把你的人找出來了。」

「怎麼樣？」

「你認出來的那個人叫封來利，是假釋出來的犯人，目前住在六十一街九六一一號，他依限向假釋官報到，從來沒犯錯，他現在有個電視修理的好工作，他對電子很在行，這對他假釋也有幫助。

「但是，他在牢裡的時候，和一個姓樂叫吉美的關在一起，那個姓樂的有個外號叫『不在場小樂』。因為他做案子都安排好不在場證明，而且每次得逞。

「有一件事對你太有利了，唐諾。姓樂的小子，他的指紋也在酒瓶上，這把他們兩個牽在一起了，這兩個人牽在一起，你想還會有什麼好事情？

「再說，這個六十一街九六一一號地址，幾乎就在齊莫謀住的卡爾頓道房子後面。所以，你懂我什麼意思了吧。」

我點點頭。

「我有一個辦法，」善樓說：「照目前的情況，假使你能向我們控告封來利和樂吉美，又假如你再簽張口供單，宣誓揍你的人就是這兩個人，我們就可以請張搜索狀。」

「我為什麼要簽什麼東西？」我說：「你們為什麼不肯負一點風險？」

「唐諾，你聽我講。」善樓幾乎有點祈求了：「這件事我們已經陷得太深了，我們一直只靠著『是你說的』……整個這件事我們有危險性，而且陷得我們脫不出身來了。我們希望能破案，但是又不敢再把頭伸出去。現在，你既是私家偵探，但也是普通標準公民。你的公寓挨小偷光顧，你又知道哪兩個人是小偷。做個好人，你簽張控訴狀，簽張口供說你認為是那兩個人偷你的家，讓我們可以搜他們的家。」

我看向狄警官：「我不知道要不要和你們合作，今晚上我被別人踢來踢去太多次了。」

「唐諾，千萬別怪到守泰的頭上去。」善樓說：「守泰只是個循規蹈矩，不會變化的警察，早些時候他把你誤解了。」

「我沒聽見他這樣說呀。」我說。

狄警官深吸一口氣。「賴，今晚早些時候我是對你誤解了。」

他說話的樣子好像所有牙齒都拔出來了一樣。

「好，」我告訴他們：「聽你們的。」

第廿一章 翡翠玉菩薩

深夜二點三十分，很多輛警車停到六十一街九六一一號門口。

他們用的是最不引人注目的方法，在半條街外就把警車引擎熄掉一路滑過去，用手煞車使車子停住，這樣連煞車燈都不會亮。

他們離開汽車，也沒有把車門碰出聲音。有的警察帶了大鎚鏈和鋼條，這樣他們可以很快把門撬開來，一組人繞道到後面去，善樓和守泰走前門。

響了兩次鈴後，屋裡燈光亮起，一個聲音在裡面問道：「什麼人呀？」

「是警察，我們有搜索狀。」善樓說：「快把門開了。」

「亂講，你們憑什麼？」裡面說。

「開門，我們有搜索狀。」善樓說。

「你們不可能有搜索狀。」裡面又說：「我又沒做什麼錯事。」

「開門，否則我們撬門闖進來。」善樓告訴他。

門被打開。

大個子站在門裡面，穿的是運動內衣褲，這傢伙個子是真大，他甚至比善樓高出半個頭。

狄警官把我從後面推到前面來，善樓把手電筒照向白色門廳的頂上，使光線反射下來，每個人都可以見到每個人的臉，他問道：「見過這個人嗎？」

「一生從來沒有見過這傢伙。」大個子說：「我也不喜歡半夜三更被叫起來問話，你們這些人可以給我統統滾回去。我沒有做什麼可以麻煩你們的事，你們——」

「誰說你沒有做什麼事？」善樓打斷他的話說：「唐諾，你看看是不是這個人？」

「是他，沒有錯。」我確定地說。

「我說過我從來沒見過這個小雜種。」大個子抗議道。

「好了，封來利。」善樓說：「反正我們是要進去看一下，我們有搜索狀，你家裡還有什麼人？」

「沒有其他人。」

就在這時候房子後面一陣騷亂，負責看守後門的一個警員帶了一個較矮一點點，穿了褲子、鞋子、汗衫和上衣的人過來，這傢伙還來不及穿襯衫。

「這傢伙想從後面溜跑。」一警員說：「看看我們在他上衣口袋裡搜到什麼？」

警官高舉一尊翡翠玉菩薩給善樓看，菩薩額頭鑲了一顆火紅的紅寶石。

大個子詛咒一下，轉身想逃。

善樓一把抓住他後領。

「進來吧，大家一起進來。」善樓說：「我們把這個地方仔仔細細搜查一下。」

第廿二章　破綻

我的手錶告訴我已經是清晨四點過了一點了，想到這個時候回自己變了樣的公寓，全身又疼痛起來，想想我可能沒有力氣把床墊放回床上去，即使床墊放好，還要自己鋪床，然後我可能睡不了多少時間，因為最遲白莎在八點鐘會知道這些變化，她是一定會打電話給我的。

我想到皇甫菲麗還在等我，她是絕對會等的，但是我只好讓她去等了。

我叫了輛計程車，來到一個土耳其浴室，勉強把身上衣服脫掉了，包了一條浴巾，蹣跚地走進烘烤室。

在很熱的空氣裡，一面大量出汗，全身慢慢鬆弛，身上的疼痛開始減輕，忘懷。

一位服務員，不斷進出，把冷的毛巾，換著放在我頭上。這次他帶了一桶冷水進來對我說：「一個警察在外面說他要見你，他說他姓宓。」

「叫他自己進來。」

「他不能進來，他全身武裝，他進來兩分鐘就濕透了。」

「告訴他我不能出去，我會感冒的。」

服務員出去。

五分鐘之後，宓善樓進來，全身在冒火。

「小不點，你聽著。」宓警官說：「你的靠山是我呀，別弄錯了。」

他把警裝上衣，領帶除下，放在木條椅上。

「我誰也不靠。」我說：「我只知道要把身上的痠痛泡泡掉，我也不能走出去和你談話，你要什麼，你說吧。」

「好，我說，小不點。」善樓說：「你玩了兩次把戲，我不知道你玩在那裡，但是蠻靈光的，我也不再追究你玩在什麼地方了，保險箱已經打開來了，封來利和樂吉美也全部招了，齊莫謀竟然是加州最大的一個古董收贓者，他只收有限，固定的幾個來源，而且收的東西都是事先有買主的，所以那麼許多年，他就在我們鼻子底下玩花樣，我們根本不知道。這一下好，一破破了很多案子。

「所以這一次不論你小子玩了什麼花樣，我都會忘記的。但是，謀殺案還是沒有破，我個人認為你對謀殺案的瞭解，比我們警察深了一層。

「謀殺案是我的責任，我不能沒有交待，你把知道的全部告訴我，我再也不來煩你，讓你一個人舒服，泡死在這裡。」

我說：「你對這件謀殺案有些地方太死心眼了，所以鑽了牛角尖。」

「不見得，唐諾，」他說：「我告訴你一件事實，唯一可以吹出吹箭來的地方，是皇甫菲麗的畫室。唯一可能用吹矢槍來吹吹箭的時間，是皇甫菲麗和哈雪薇在一起的時候——而哈雪薇在這時間看到吹矢槍從浴室窗口伸出來，瞄呀瞄的……就憑這一點證據，第一級謀殺案就可能成立。」

「能嗎？」我問。

善樓開始出汗，他自口袋取出一塊手帕擦他的額頭。「你渾蛋，」他說：「少和我辯，告訴我你知道的就可以了，也好讓我早點滾開這個鬼地方。」

「你的成見太深了。」我說。

「什麼意思？」

「你說唯一可以吹出吹箭來的地方，是皇甫菲麗的畫室。」

「是呀，有問題嗎？」

「有的是問題，吹箭不可能是從畫室吹出來的。」

「你是個大傻瓜，唐諾。」善樓生氣地說：「我們試拿這支混蛋那麼長的鬼吹矢槍，站在這間小的貯藏室裡，不論你站在哪裡，即使是盡可能把上身伸出窗去，也不可能把一支吹箭吹到皇甫的胸口上去——至於那支插在高高木頭上的吹箭，我同意你，可能是在房裡吹上去的——即使如此，這樣長的吹矢槍，在房裡搬弄著仍是十分困難的，鬼東西有五呎四吋長呀，唐諾。」

「這吹矢槍有什麼樣的來復線呀？」我問。

「來復線？你什麼意思？」善樓問。

「你可以請彈道部門來給你鑑定呀！」我說：「你找到一顆子彈，你找到一把槍，你看槍裡的來復線，然後試發一粒子彈，拿來看這子彈是不是從這支槍發出來的——」

「你越來越不像話了。」善樓說：「吹矢槍哪有什麼來復線。」

「噢，宓警官，」我說：「你是不是現在在告訴我，你沒有辦法鑑定一支吹箭，是不是從某一特定吹矢槍裡吹出來的？」

「那怎麼鑑定法？」

「那麼，」我說：「你怎樣能確定殺死皇甫的吹箭，是從皇甫的吹矢槍裡吹出來的呢？」

善樓看著我，想說什麼，又自動停住。抓住手帕，擦擦額頭，又伸進領子裡擦擦脖子。「你這狗娘養的。」他說。

「說呀，」我又重複一次：「你怎樣能確定是從這支吹矢槍吹出來的？」

「我們不能確定。」善樓慢慢地說。

「這樣的話，」我說：「另外一個可能性就很有趣了。」

「等一下，唐諾。你再想想，這吹箭一定是從這吹矢槍出來的。」

「為什麼呢？」

「吹矢槍不是大批製造的，每一支都是定做的。吹箭做的時候就是專門做來給某一支吹矢槍用的，這些吹箭是配這支吹矢槍的。這一套是皇甫先生從婆羅洲帶回來的，大家在展覽的時候都見到過的，不可能混錯的。」

「所以你認為一定是從這支吹矢槍裡發射出來的？」

「當然。」

「為什麼？」

「因為它們是天生一對。吹箭是依吹矢槍而造的。」

「那麼。」我說：「既然有了吹矢槍我們可以特製吹箭，有了吹箭我們當然也可以特製一根吹矢槍的。」

普樓用手帕擦擦雙手，再一次拭抹額頭和脖子，他說：「他媽的，我一定要快點離開這裡了。」

「有人在留住你嗎？」我問。

「你！」

「怎麼會？」

「你不肯把你知道的告訴我。」

「但是我一直在和你討論吹矢槍。」

「好吧，我們再討論。在我看來，這些吹箭是從那支吹矢槍裡發射出來的。不管你怎麼說，一定是的。」

「你確定？」

「當然，我確定。」

「那支插到木頭裡的吹箭，插得很深，是不是？」

「沒錯，是插得很深。」

「你認為是皇甫太太從畫室窗口，吹過採光天井，吹進房間裡來的？」

「只有這一個解釋呀。也只有從那個地方才有可能，你研究它來路的角度，它直接指向那個窗口，簡直沒有別的地方還有可能。」

「你在說不可能之前，應該多想想可能。」我說：「我先問你，你有沒有拿一支吹箭，放進吹矢槍，吹吹看，你能把吹箭吹得插進木頭多深？」

「沒有，為什麼要去試？」

「可能會是個有價值的試驗。」

「木頭在那裡，吹箭還在木頭裡，你不能硬和我抬槓呀。」

「我沒有硬和你抬槓。」我說：「我只在告訴你菲麗不可能從那麼遠的一個地方，吹一支吹箭，還要插進木頭那麼深。我甚示可以向你挑戰，用你那麼大的個子，就用這支吹矢槍和相同的吹箭，你的吹矢槍頭只要離開木頭三四呎遠，你都吹不進木頭那樣深去。」

「你到底想要告訴我什麼，你說吧。」善樓說。

「我老實告訴你好了，」我說：「你的毛病在這裡——你見到一支用來發射吹箭的吹矢槍，你又見到一支專供放在吹矢槍裡發射的吹箭，一下子，你就認為吹箭一定是從吹矢槍裡發射出來。而我，認為吹矢射根本不是從吹矢槍裡發射出來的。」

「假如你那麼聰明的話，你想它是從哪裡發射出來的呢？」善樓一面問，一面猛擦臉上及頸上出來的汗：「你快點說，我可以快點滾呀。」

「你想滾，什麼時候都可以滾。」我說：「但是我的想法是有人自己私造了一支短管的武器，很可能是用壓縮空氣發射的。這個人在貯藏室裡，就站在皇甫的身旁，把一支吹箭射進了皇甫幼田的胸上。在皇甫幼田倒下去之後，那個人又裝了一支吹箭進他的自製武器，對好了一個特別他要的位置，向木頭上射了一箭，任誰看了都會從這支箭的角度想到是窗外對面畫室裡射出來的。

「我想這本來是一個極完美無缺點的謀殺，但是這個兇手犯了一個大錯，使完整的罪案露出了破綻。那就是這個兇手低估了壓縮空氣的力量，要比人用口吹的力量大得多多。

「我一看見室內的情況，我就一目瞭然，釘在木頭上的吹箭，是殺了人之後故意打上去的第二支吹箭。

「你自己可以想得到，假如你是皇甫幼田，假如你站近窗口，有人吹一支毒箭進來插在木頭上，沒吹中你，你還會走近窗口去，把手按在窗口上，仰起脖子，邀請別人來第二次射你嗎？你要記住，這傢伙是人生經驗豐富，一再出入蠻荒的人。

「我第一眼看到那支插在木頭裡的吹箭，就知道它不可能是吹矢槍裡吹出來的了。」

我坐舒服一點，向後一靠，把眼睛閉上。

善樓走到門口，向服務員咆哮地叫道：「嗨，給我弄塊毛巾來，老天。」

他走回來，兩腳站得開開的，自上向下看著我，又用向服務員要來的毛巾猛擦額頭，頭頸和雙手，然後，突然的，他把毛巾搓成一團，一下摔在地上，拿起他的上裝，一聲不響轉身走向門口。

他一直走到門前，轉過身來。「算你對了，」他問：「是什麼人幹的？」

「試試最後看到他活著的人。」我說，一面把眼睛閉上：「你們不是經常這樣教菜鳥警察的嗎？」

善樓站定了沒吭氣一段時間，然後我聽到彈簧門彈動的聲音告訴我他出去了。突然門一推，他回進來，說道：「要不是這裡那麼熱，太消耗體力，否則我早就一腳踢在你這個沒禮貌的騾屁股上了，不過這裡太熱了，我謝謝你。」

第廿三章　警察歡迎的私家偵探

十點三十分，我回到偵探社。我的外形已經好看多了。右邊有個大的青腫黑眼圈，我不能大聲自由呼吸——那會使我肋骨疼痛，走路的時候必須一跛一跛靠向一側。

卜愛茜自辦公室快步向我。「白莎說你一來就要見你。」她告訴我：「一個早上她找你找得天翻地轉了。」

「告訴她我來了。」我說。

我走進自己辦公室，坐下，還沒有把自己的背靠上椅子，白莎推門大步走進來。

「宓善樓現在在我辦公室裡，」白莎說：「你能過來一下嗎？」

「叫他到我這裡來。」

「他不會高興的。」

「叫他到我這裡來。」

白莎說：「你不能向警察下這種命令，我們吃的這行飯——」

我慢慢把疼痛的身軀在靠椅上鬆弛下來。「不要緊的。」我說：「假如他要見我，他可以過來，他不要見我，就不是重要的事情，你告訴他，我知道的都對他說了。」

白莎生氣地邁出我辦公室。

十秒鐘之後，她和宓善樓一起回來。「你好一點了吧，小不點？」善樓問。他的語調同情，友善，甚至有點敬重。

「壞透了。」

「你是被修理得不輕。」

「你是為慰問我來的嗎？」

善樓顯出不安。「唐諾，」他說：「謀殺案破了。」

「皇甫謀殺案？」

「是的，皇甫謀殺案。」

「什麼人幹的？」

「倪茂文。」他說：「他設計得非常精明，他設計好利用空心的旗桿把吹矢槍神不知鬼不覺地移出屋頂公寓。又把毒吹箭偷到手，目的就是事後可以栽贓到皇甫太太的畫室裡。哪知道你出來，找到了吹矢槍，把吹矢槍帶進了畫室，省了他不少手續。」

我把坐的姿勢改變一下，使自己舒服一點。我問：「是不是另外做了一支吹矢槍？」

「根本不是，」善樓說：「管子不到十吋長，他用一個小型壓縮二氧化碳滅火機做動力，把前端裝上一個三角型管子，在短距離內，這吹箭又準又快，像個子彈。」

「嗯哼。」

「倪茂文一直在經手皇甫的事業和稅務工作，他自己承認在帳務中搞了八萬元的鬼。皇甫警覺到這裡面有些毛病，所以準備在下個禮拜請人查次帳——至少倪茂文認為他會派人查帳。」

我說：「這樣很好。我一直在怕他也許和菲麗有什麼糾纏不清的感情，兩個人要請皇甫讓路。」

「這倒沒有，你可以放心。」善樓說：「我們警察的工作就是這樣——千頭萬緒，你走上了正路了，一切就很容易。我們搜查他房間，這渾蛋竟放心到連他自己做的空氣槍也沒有丟掉。」

我打了個大呵欠。「善樓，你來這裡幹什麼？」

他非常不安地說：「在開記者招待會，宣佈這件案子破案之前，我想先和你談一談。」

「為什麼？」

「因為……」他說：「他們可能會來訪問你。我要知道你會對他們說什麼？」

「我！」我說，把兩根眉毛統統抬起：「我什麼也不知道。我會告訴記者，我十分榮幸，昨夜兇殺組的宓善樓在大破收贓犯的案子時，我能躬逢其盛，親眼目睹。但是皇甫失竊的玉菩薩找到後，宓警官自己一個人偵破皇甫幼田的謀殺案，我就沒有看到了。」

「我們兩個在土耳其浴室的對話呢？」善樓問。

「哪裡有什麼土耳其浴室？」我無知地問。

突然，善樓彎下他的腰，一把捉住我右手，上下猛搖。「你是個面惡心善的小雜種，唐諾。」他說：「但是你是個好朋友。這一次我真的要感謝你。不過我知道你在這兩尊一樣的玉菩薩上搞了不少的鬼——我承認不夠聰明想不出你變了什麼戲法。但是看這樣的結果，我也不必去傷這個腦筋。」

「對了，多傷腦筋頭髮會白的。」我說。

善樓又和我握手，突然轉身抓住白莎，在她面頰上重重吻了一下。

「你們兩個才是我們警察歡迎的私家偵探。」善樓說著走了出去。

柯白莎站在那裡，兩隻貪婪的小眼眨白眨白的看向我。

「怎麼啦？」我說。

我想她一定會問我皇甫案子中收費的問題，還有，我到底有沒有和菲麗說好，要收她多少錢。但是，她伸出手來，摸摸面頰。

「這狗娘養的，親了我一下?!」她迷惘地說。

我一輩子也搞不清楚——女人。

相關精彩內容請見《新編賈氏妙探之19　富貴險中求》

新編賈氏妙探之18 探險家的嬌妻

作者：賈德諾
譯者：周辛南
發行人：陳曉林
出版所：風雲時代出版股份有限公司
地址：10576台北市民生東路五段178號7樓之3
電話：(02) 2756-0949
傳真：(02) 2765-3799
執行主編：劉宇青
美術設計：吳宗潔
業務總監：張瑋鳳

出版日期：2023年8月 新修版一刷
版權授權：周辛南
ISBN：978-626-7303-11-5

風雲書網：http://www.eastbooks.com.tw
官方部落格：http://eastbooks.pixnet.net/blog
Facebook：http://www.facebook.com/h7560949
E-mail：h7560949@ms15.hinet.net
劃撥帳號：12043291
戶名：風雲時代出版股份有限公司

風雲發行所：33373桃園市龜山區公西村2鄰復興街304巷96號
電話：(03) 318-1378
傳真：(03) 318-1378
法律顧問：永然法律事務所 李永然律師
北辰著作權事務所 蕭雄淋律師

行政院新聞局局版台業字第3595號 營利事業統一編號22759935

定價：299元　

國家圖書館出版品預行編目資料

新編賈氏妙探. 18, 探險家的嬌妻 / 賈德諾(Erle Stanley Gardner)著；周辛南譯. -- 臺北市：風雲時代出版股份有限公司, 2023.05　面；　公分
譯自：The count of nine
ISBN 978-626-7303-11-5（平裝）
874.57　　112002533